キーワードで読む「三国志」

井波律子

潮文庫

キーワードで読む「三国志」　目次

第三章 「社会」を読む

装丁・本文デザイン——仁川範子
装画——『三國志演義全圖』より
図版協力——光プロダクション

キーワードで読む「三国志」

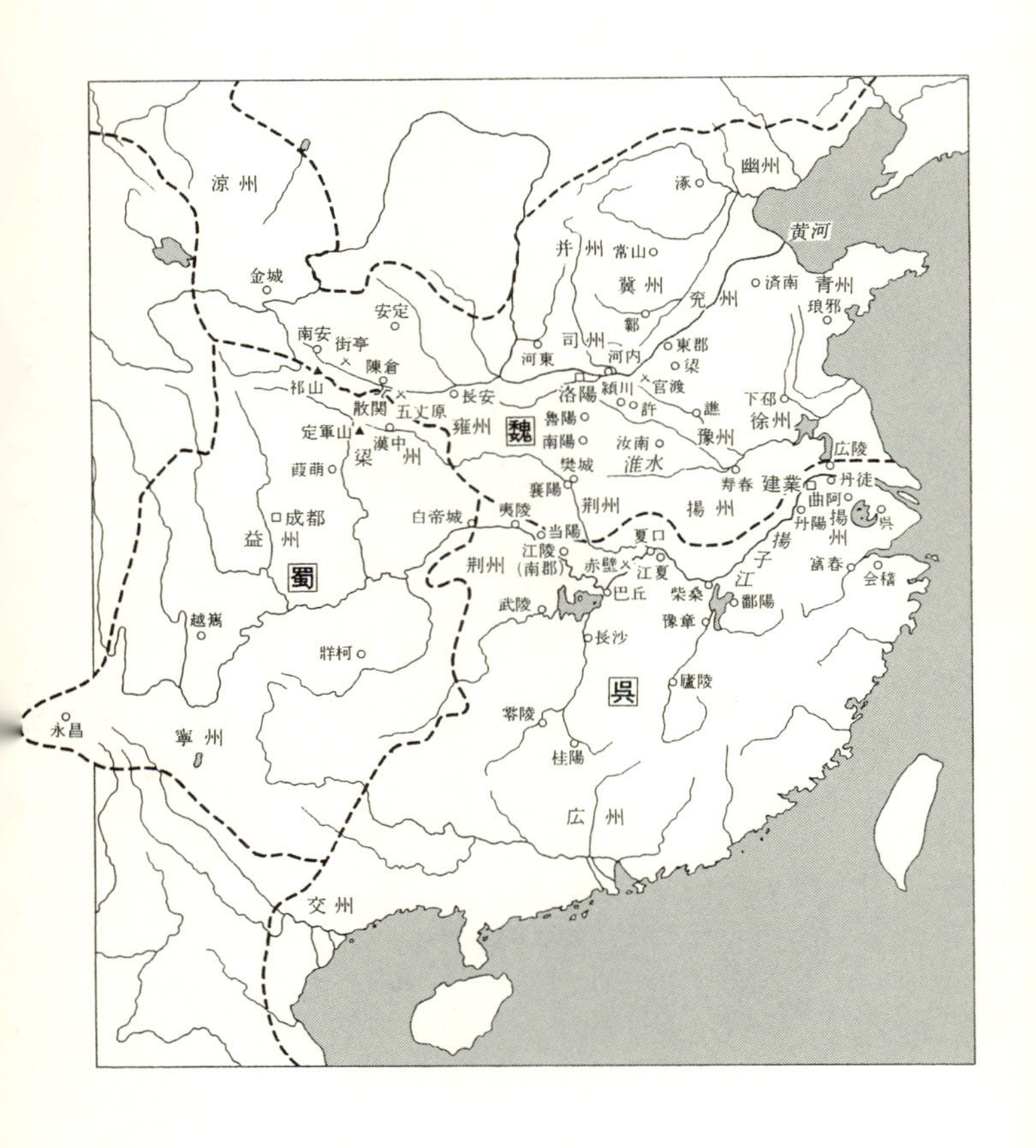

涼州
金城
幽州
涿
黄河
并州
常山
冀州
兗州
済南
青州
琅邪
鄴
安定
南安
街亭
陳倉
祁山
散関
五丈原
長安
河東
司州
河内
東郡
梁
官渡
洛陽
潁川
許
譙
下邳
徐州
定軍山
漢中
梁州
雍州
魏
魯陽
南陽
汝南
豫州
広陵
葭萌
樊城
淮水
寿春
建業
丹徒
曲阿
成都
益州
白帝城
襄陽
荊州
揚州
夷陵
当陽
夏口
丹陽
揚州
呉
揚子江
荊州
江陵
(南郡)
赤壁
江夏
富春
会稽
蜀
武陵
巴丘
柴桑
鄱陽
豫章
越嶲
長沙
牂柯
呉
廬陵
永昌
寧州
零陵
桂陽
広州
交州

序章

「三国志」について

正史『三国志』について

周知のように、「三国志」には、実のところ二種類ある。一つは歴史書の正史『三国志』、今一つは白話長篇小説の『三国志演義』である。

『三国志』の著者、陳寿（二三三―二九七）はもともと三国の蜀の出身だった。二六三年、蜀が魏に滅ぼされたとき、陳寿は三十一歳であった。この二年後の二六五年、魏も滅亡、司馬氏の西晋王朝（二六五―三一六）が成立し、陳寿はこの西晋に仕えるようになる。陳寿が『三国志』を書きはじめたのは、二八〇年、三国のうち最後に残った呉も滅び、西晋によって天下統一がなされたころである。

陳寿は『三国志』を執筆するにあたり、司馬遷の『史記』にはじまる「紀伝体」もしくは「列伝体」とよばれるスタイルを用いている。これは、人物の伝記を並べてゆくスタイルであり、「紀伝体」の「紀」は皇帝の伝記を指す。『三国志』（全六十五巻）の特色は、分裂国家時代の歴史書のため、「魏書」（三十巻）、「蜀書」（十五巻）、「呉書」（二十巻）の三部構成をとっていることである。もっとも、三国すべて同格というわけでなく、いちおう魏を正統王朝として扱い、全体の半分近くをふり当てて記述し、皇帝の伝記である「紀」のジャンルも「魏書」にのみ配置している（「蜀書」や「呉書」では、劉備や孫権など皇帝の伝記もすべて「――伝」というかたちである）。

このように、蜀出身者でありながら、敵の魏を正統として扱ったということで、陳寿は後世、たいへん評判がわるく、非難されつづける羽目になった。しかし、陳寿は魏の系統を受け継いだ西晋に仕えており、立場上、魏を正統扱いせざるをえなかったのは、むしろ当然だったといえる。また、三国分立とはいえ、先進地域の北中国を抑えた魏が、南中国を分割した蜀と呉に比べ、政治的にも文化的にも格段に優勢にあったのは否めない事実である。すぐれた歴史家の陳寿はこうした三国の情勢を客観的かつ冷静に判断し、その意味では何のやましさもなく、魏を正統として『三国志』を書いたものと考えられる。

もっとも、いくら冷静な歴史家陳寿といえども、滅び去った故国蜀への哀惜の念は深く、『三国志』の随所に、微妙な筆使いで故国蜀への深い思い入れを刻みこもうとする、苦心のあとが見える。こうしてみると、千年以上あとに完成した白話長篇小説『三国志演義』は、明らかに劉備(りゅうび)の蜀を正統とする視点で描かれているが、その萌芽はすでに陳寿の『三国志』にあったといえよう。

陳寿が没してから約百三十年後の四二九年、六朝(りくちょう)時代の劉宋(りゅうそう)の歴史家、裴松之(はいしょうし)（三七二―四五一）はさまざまな資料を網羅し、『三国志』の陳寿の簡潔な本文に膨大な注を付した『三国志注』を完成させた。現在、流通している『三国志』は陳寿の本文と裴松之の注を併記したかたちをとっている。ちなみに、『三国志演義』は大筋の時間の流れは本文によっているものの、印象的なエピソードなどはこの裴松之注によるものが非常に多い。

『三国志演義』の成立

白話長篇小説『三国志演義』が成立したのは、陳寿の正史『三国志』が著されてから千年あまりが経過した、十三世紀末から十四世紀初めの元末明初である。この間、民間芸能の戯曲や語り物の分野で、無数の「三国志物語」が生まれ、脈々と語り伝えられた。

より古い時代については詳細は不明だが、近世の宋代（北宋九六〇—一一二六、南宋一一二七—一二七九）以降は、町の盛り場で聴衆を前に講釈師が熱弁をふるう語り物が人気をよび、北宋末にはすでに「説三分」と称される、専門化された「三国志語り」のジャンルもあった。また、モンゴル族の元王朝（一二七九—一三六八）の時代には、元曲とよばれる芝居が盛んになったが、この元曲のなかに、現存するだけでも二十を超える三国志劇があり、いかに三国志を素材とする芝居が流行したか、うかがい知ることができる。

　こうした三国志語りや三国志劇において、もっとも人気を博したキャラクターは、暴れんぼうの張飛(ちょうひ)である。張飛の大暴れに聴衆や観客は胸のすく快感をおぼえ、やんやの喝采をおくったとおぼしい。

『三国志演義』の著者と目される羅貫中(らかんちゅう)は、北宋から元に至るまで、こうして民間芸能の世界で語り伝えられてきた、無数の三国志物語を収集し、これらを陳寿の正史『三国志』の本文、および裴松之の注をはじめ、種々の正統的な歴史資料と照合して、極端に荒唐無稽な要素を抜き去り、文章をととのえて集大成した。こうして、後漢末の群雄割拠の乱世から、魏・蜀・呉の成立をへて、この三国が滅亡するまでを、いきいきとダイナミックに描いた長篇歴史小説『三国志演義』が誕生したのである。

『三国志演義』の魅力

『演義』世界をつらぬく基本構想は、漢王朝の末裔である劉備の英雄性を強調し、蜀を正統王朝として位置づけることである。これと対照的に、劉備のライバル曹操については、そのあくどい奸雄性を誇張することに力点が置かれる。かくして、『演義』の物語世界は善玉劉備と悪玉曹操の対立を軸とし、多様な登場人物を巧みに動かし区分けしながら、躍動的な物語世界を展開してゆくのである。

『演義』の最大の魅力は、強烈な個性をもつこの多種多様の登場人物に、それぞれ絶妙の「見せ場」を与え、固有の持ち味を存分に発揮させているところにある。ちなみに、『演義』の校訂者として知られる清の毛宗崗は、『演義』には「三絶（三人の傑出した人物）」が登場すると述べ、「智絶（知者のきわみ）」の諸葛亮、「義絶（義人のきわみ）」の関羽、「奸絶（悪人のきわみ）」の曹操の三人の名をあげている

（「読『三国志』法」）。

この指摘のとおり、『演義』世界において、諸葛亮、関羽、曹操の三人のイメージにはまことに鮮烈なものがある。とりわけ、義理と人情の化身である関羽は、羅貫中がもっとも力をこめて描いたキャラクターであり、『演義』の陰の主役は関羽だといっても過言ではないほどだ。先述したように、民間芸能においてもっとも光彩を放つのは、暴れんぼうの張飛だが、『演義』世界では、悲壮感を帯びた関羽の存在がより輝かしいものとなっている。

この「三絶」に、これといった特徴がないことが特徴の中心人物劉備が絡み、時間の流れのなかで、稀有の出会いと別れを演じる場面は、まさに『演義』屈指の「見せ場」だといえよう。劉備と関羽・張飛が出会う桃園結義の場面、劉備が「三顧の礼」を尽くして諸葛亮と対面する場面、「赤壁の戦い」で惨敗した曹操が関羽と再会する華容道の場面、劉備が諸葛亮に後事を託して絶命する「白帝城」の別れの場面等々。こうした忘れがたい名場面を核として、『演義』は魅力あふれる物語世界を繰り広げてゆくのである。

むろん『演義』の登場人物には、強烈そのものの「三絶」以外にも、心揺さぶられる魅力的なキャラクターが数えきれないほど存在する。彼らがエネルギー全開、それぞれの持ち味を存分に発揮する姿を、胸おどらせながら追体験することこそ、『三国志演義』を読む者の最高の喜びだといえよう。

第一章

「人」を読む

宦官

宦官とは周知のごとく、去勢によって男性機能を失った存在である。中国における宦官の誕生ははるか三千年以上も前、殷王朝の時代までさかのぼることができる。以来、二〇世紀初頭、清王朝の滅亡まで宦官は存続しつづけ、宮廷内部に根を張って闇の権力をふるうケースも多かった。中国史上、宦官の害毒がはなはだしかったのは、後漢（二五—二二〇）、唐（六一八—九〇七）、明（一三六八—一六四四）の時代である。

後漢は一貫して外戚（皇后の一族）と宦官の権力争いに揺れつづけた王朝だが、第十一代皇帝桓帝（一四六—一六七在位）の時期以降、宦官の優位が決定的になった。この時期には五侯と呼ばれた五人の宦官（単超、左悺、徐璜、具瑗、唐衡）が猛威をふるい、莫大な財産を作って贅沢三昧にふけった。桓帝の死後、霊帝（一六八

―一八九在位）が即位すると、宦官の勢いはますます強くなる。当時、勢力を誇ったのは趙忠、張譲ら「十常侍」と呼ばれる十人（十二人ともいう）の宦官グループである。霊帝は彼らを頼りにし、「張常侍（張譲）は私の父、趙常侍（趙忠）は私の母だ」と公言してはばからなかった。

霊帝は異様に金銭欲が強く、官職を売りに出してまで金儲けに励むほどだった。金銭欲と権力欲の権化の十常侍は霊帝のそんな性向を巧みに利用し、賄賂を取りまくって私腹をこやし、豪邸を建てて豪奢な生活を楽しんだ。また、彼らは宦官派の官僚を行政機構の重要なポストにつけて、やりたい放題を繰り返し政局を壟断するに至る。こうした状況に業を煮やした良識派知識人（清流派）は宦官政治批判の言論運動を展開するが、身の危険を感じた宦官派によって大勢の者が投獄・処刑されるなど、たちまち押しつぶされてしまう。こうして宦官による政治腐敗の進行とともに社会不安が激化し、一八四年、道教の一派太平道の信者を中心とする民衆反乱「黄巾の乱」が勃発、義勇軍を募るなどの水際作戦でなんとかこれを鎮圧したものの、後漢王朝は大きなダメージをうけた。

後漢の諸悪の根源だった宦官勢力が全滅したのは、一八九年、霊帝の死後、少(しょう)帝が即位してまもなくのことだった。外戚の何進(かしん)が宦官に殺害された直後、都洛陽を守備する袁紹(えんしょう)、曹操(そうそう)らが宮中に突入し、宦官を皆殺しにしたのだ。しかし、時すでに遅く、まもなく凶暴な武将董卓(とうたく)が洛陽を制圧し、後漢は実質的に滅亡してしまう。宦官に蝕まれ尽くした後漢王朝は、病根たる宦官勢力が除去されたあとは抜け殻同然、倒れるしかなかったのである。

付言すれば、三国志世界の英雄にして奸雄の曹操はこの問題の多い宦官と関わりの深い家柄の出身だった（曹操の父曹嵩(そうすう)が高位の宦官の養子）。にもかかわらず、曹操は荀彧(じゅんいく)をはじめとする反宦官派の清流派知識人の支持と協力を得て、後漢末の乱世きっての実力者にのしあがってゆく。歴史の流れはわからないものである。

北京・故宮のなかに現存する宦官たちの居室

名門

三国志世界の群雄のうち名門出身といえば、まず曹操のライバル袁紹があげられる。袁紹の高祖（祖父の祖父）の袁安は後漢の司徒（最高位の三人の大臣である三公の一つ）であり、以来、四代つづいて三公になっているのだから、これは超名門にほかならない。先祖の名声のおかげで当初、袁紹はめきめきと頭角をあらわし、軍事力も世間の人気もはるか曹操の上をいっていた。しかし、ここぞというときの決断力に欠けるうえ、猜疑心が強く、田豊や沮授といった有能な参謀の提言に耳を傾ける度量がなかった。このため、建安五年（二〇〇）、天下分け目の「官渡の戦い」で圧倒的優勢にありながら、曹操に撃破され、二年後、失意のうちに病死するにいたる。袁紹の死後、後継の座をめぐってお家騒動がおこり、けっきょく袁氏一族は曹操に滅ぼされてしまうのである。

袁紹の従弟袁術の場合はさらに悲惨にしてお粗末だった。もともと狡猾にして傲慢な袁術は袁紹とも不仲であり、孤立を深めたあげく、寿春（安徽省寿県）で皇帝を僭称（勝手に皇帝の称号を用いること）し贅沢三昧にふけるなど、愚行のかぎりを尽くした。袁術が皇帝を僭称したのは、孫策・孫権の父孫堅がひょんなことから手に入れた玉璽をわがものにし、のぼせあがったためだとされる（第三章「玉璽」の頁〈一九二ページ〉参照）。やがて愚行のツケがまわった袁術は追いつめられ、逃避行の途中で頓死のやむなきにいたった。まさに自業自得というべきである。

乱世のリーダーには、刻々と変化する情勢に対処する機敏な判断力と、有能な人材を吸収し活用する度量が求められる。こうした能力の持ち合わせのない名門の御曹司袁紹と袁術は、宦官系統の家の出身というハンディを負いながら、みずからの能力をめいっぱい発揮し、乱世の英雄として飛翔した曹操に敗れ去るしかなかったといえよう。

曹操の主簿（総務部長格）楊修も後漢の太尉楊彪の子であり、名門出身者に数えられる。楊修は目から鼻へ抜ける利巧さによって当初、曹操のお気に入りだったが、やがてこの利巧さがあだとなって曹操に嫌われ処刑されてしまう。もっともこれは『三国志演義』（第七十二回）の話であり、正史では曹丕（そうひ）・曹植（そうしょく）の後継者争いのさい、楊修は曹植の参謀だったため、曹植が敗れると曹操によって処刑されたとする。

袁紹、袁術、楊修と三国志世界の名門出身者の軌跡をたどってみると、彼らはいずれも激動する乱世において持ちこたえることができず、身を滅ぼす羽目になっている。これとは逆に、荀彧（じゅんいく）、陳群（ちんぐん）をはじめ曹操政権のブレーンだった人々の子孫のうちから、魏（ぎ）から西晋（せいしん）へ、さらには東晋（とうしん）へと時代を超えて連綿とつづく新たな名門貴族が誕生した。乱世は世界を根底から揺り動かし、古き名門を淘汰し、新たな名門を誕生させるといえそうだ。

中国の「連環画」に描かれた玉璽を受け取り
野望をふくらませる袁術

ヒゲ

『三国志演義』の世界において、ヒゲは登場人物のキャラクターを示す重要な要素である。りっぱなヒゲの持ち主といえば、まず関羽（かんう）があげられる。初登場の場面で「身長九尺、ヒゲの長さ二尺、重棗（ちょうそう）のような赤い顔…」（『三国志演義』第一回）と紹介されるように、長く豊かなヒゲは関羽のトレードマークであり、その超越的かつ神秘的なイメージを強化する役割を果たしている。建安五年（二〇〇）、関羽がいったん曹操（そうそう）に降伏したとき、彼に惚れこんだ曹操が錦紗の袋を贈り、ヒゲを包ませた話もよく知られる（第二十五回）。

義弟の張飛（ちょうひ）も同じくヒゲがトレードマークである。しかし、「身長八尺、彪（ひょう）のような頭にドングリ眼、燕のような顎に虎ヒゲ…」（第一回）と紹介されるように、彼のヒゲには滑稽感がただよい、いかにも陽気な暴れん坊、無法者のイメージをあらわす。

関羽の神秘的なヒゲ、張飛の滑稽なヒゲというふうに、二人の義弟がそれぞれ個性的なヒゲの持ち主であるのに対し、彼らの兄貴分である劉備(りゅうび)の場合はどうか。その初登場の場面で「身長は七尺五寸、両耳は肩まで垂れ、両手は膝の下まで届き…」と、常人離れのした身体的特徴は特記されるものの、ヒゲについての言及はいっさいない。

一方、劉備のライバル曹操については、「身長七尺、目は細くヒゲは長く…」（第一回）と記されるが、そのヒゲはいかにも貧相な小男らしく、だらりと垂れ下がっていたとおぼしく、はなはだ精彩に欠ける。建安十六年（二一一）、西涼(せいりょう)の猛将馬超(ばちょう)との激戦の渦中で、曹操は目印になるこの長いヒゲを剃り落とし、必死で逃げたという話もある（第五十八回）。どう見てもパッとしない曹操のヒゲとは対照的に、劉備のもう一人のライバル孫権(そんけん)は「碧眼紫髯(へきがんしぜん)（青い目に紫色のヒゲ）」と、文字どおり容貌魁偉(ようぼうかいい)、華々しいヒゲの持ち主であった。

こうしてみると、関羽、張飛、曹操、孫権はそれぞれのキャラクターを象徴するヒゲを備えているのに対し、中心人物というべき劉備についてのみ、ヒゲへの言及がないことになる。実は、『演義』世界で美貌をうたわれる二人の猛将呂布（りょふ）と馬超についても、ヒゲについての言及は見られない。呂布は「束ねた髪に金のかぶとを載せ、百花を刺繡した戦袍（ひたたれ）…」（第三回）と美々しいいでたちで初登場するが、ヒゲについての記述はない。また、「錦（にしき）の馬超」と称賛される馬超も、「面（おもて）は冠の玉（ぎょく）の如く、眼（まなこ）は流星の若（ごと）く、虎の体に猿の臂（うで）、彪の腹に狼の腰」（第十回）と、その雄姿が描かれるが、ヒゲについての言及はない。さらにまた、颯爽と垢抜けした容姿で知られる呉の周瑜（しゅうゆ）もヒゲとは無縁である。

　とすれば、『演義』世界において、総じて劉備も含め二枚目ふうの人物については、ヒゲの描写はなされず、関羽や張飛のような猛々しくも男っぽい武将や、曹操のように一癖も二癖もある人物については、その特徴を端的に示すものとして、ヒゲがとりあげられるということになる。『演義』の作者の芸の細かさが知れようというものだ。

中国・古隆中三顧堂の中にある張飛（左）
劉備、関羽の像

美女

三国志世界きっての美女といえば、まず魏の曹丕の妻甄夫人（のちの甄皇后）があげられる。彼女はもともと袁紹の二男袁熙の妻だったが、建安九年（二〇四）、曹操の攻撃をうけ、袁氏一族の根拠地鄴が陥落したとき、曹丕に見初められ妻となった。『演義』第三十三回によれば、曹丕が袁紹の城に踏みこんだところ、奥座敷に髪を振り乱し垢まみれの顔をした甄夫人がいた。袖で顔をぬぐうと、「玉の肌、花の顔、まさしく傾国の美女」だったので、曹丕は一目惚れしてしまう。これを知った曹操は彼女と会見し、「まことわが息子の嫁にふさわしい」と、二人の結婚を許したのだった。『演義』は、このように曹操を理解ある父親として描いているが、魏晋の名士のエピソード集『世説新語』「惑溺篇」には、まったく異なったエピソードが掲載されている。実は、曹操もかねて美貌の誉れ高い甄夫人に関心があり、曹丕に先手を打たれて、大いに悔しがったというものである。

　甄夫人は曹丕が魏王朝を立てて即位すると、皇后になった。しかし、やがて曹丕の愛が郭貴妃に移ったことを悲しみ、恨みごとを言ったために、曹丕の不興をかい、自殺に追いこまれてしまう（『正史三国志』甄皇后紀）。『演義』ではこれに尾ひれをつけ、曹丕は甄夫人の追い落としを図る郭貴妃に、甄夫人が自分を呪詛していると吹き込まれ、激怒して彼女をくびり殺したとする（第九十一回）。ちなみに、甄夫人の死については人口に膾炙する有名な伝説がある。曹丕の弟で傑出した詩人の曹植と彼女の間に秘めたる恋が芽生え、嫉妬した曹丕が彼女を殺してしまったというものである。曹操や曹丕を悪役に仕立てることに熱心な『演義』が不思議なことに、この有名な伝説にはまったく言及していない。

　総じて、『演義』は「運命の美女」甄夫人に同情的であり、曹操も彼女に関心があったとか、曹植と恋愛関係にあったとかいう類の、そのイメージを損なうような逸話や伝説をいっさい採用せず、ひたすら運命の美女として純化した形で、描出しているのが目につく。

「董卓の乱」の渦中で、重要な役割を演じた貂蟬も忘れがたい美女である。後漢の重臣王允の歌妓だった貂蟬は、獰猛な董卓とその養子の猛将呂布に恋の鞘当てを演じさせて、剛勇無双だが単細胞の呂布に董卓を殺害させ、諸悪の根源たる董卓を排除した。『演義』ではこの後、貂蟬は呂布が曹操に滅ぼされるまで行をともにしたとする。これは賢明な美女貂蟬にふさわしくないと考えたのか、吉川英治の『三国志』は、貂蟬は計画が成就すると自刃し、最後まで呂布といたのは別人だとする。貂蟬は甄夫人と異なり虚構の存在だが、吉川英治がこだわったように、読者にまことに強烈な印象を与える存在だといえよう。

『演義』には、こうした「運命の美女」がおりおりに登場するが、容貌はさておき、その毅然たる生き方において鮮烈な印象を与え、物語世界を引き締める女性も数多く登場する。こうした女性たちについては、また稿を改めて見てみたい。

中国の切り絵に描かれた貂蝉

烈女

　三国志世界きっての激しくも毅然とした烈女といえば、蜀の北地王劉諶の妻、崔夫人があげられる。劉諶は劉備の孫で、蜀の後主劉禅の五男にあたり、豪胆をもって知られる。蜀の炎興元年（二六三）、魏に攻め込まれ蜀が滅亡に瀕したとき、徹底抗戦を主張したのはこの劉諶だけだった。しかし、気概のない劉禅は全面降伏の道を選び、激怒した劉諶は崔夫人に「私は先んじて死を選び、先帝（劉備）と地下でお目にかかりたいと思う。他人に膝を屈するなど真っ平だ」（『三国志演義』第一百十八回）と、死の覚悟を打ち明けた。すると、崔夫人は「ごりっぱ、ごりっぱ。それでこそ死に時を得るというものです」と夫を励まし、先んじてみずから命を絶った。夫は社稷（国家）のために死に、妻は夫のために死ぬというわけだ。この崔夫人こそ滅びゆく蜀の最後を飾る壮絶な烈女というべきであろう。

三国志世界には、このように命がけで夫や息子を激励あるいは叱咤した女性は数多い。徐庶(じょしょ)の母（徐母(じょぼ)）もその一人だ。徐庶は曹操(そうそう)の参謀程昱(ていいく)から徐母の筆跡を真似た偽手紙が届けられるや、たちまち騙されて劉備に別れを告げ、曹操のもとに駆けつけた。これを知った徐母は息子の不甲斐なさに腹を立て、縊死(いし)して果てた（第三十六回）。なんとも気丈な厳母である。徐庶の母を思う気持ちは痛烈なしっぺ返しを受け、無に帰したわけだが、この母の命がけの抗議が骨身にこたえたのか、以後、徐庶は曹操に仕えながら、いっさい有効な献策をすることなく、鳴かず飛ばずの生涯を送ったのだった。

命がけといえば、建安十三年（二〇八）、「長坂(ちょうはん)の戦い」における、劉備の妻糜(び)夫人の哀切な最期もまことに印象的だ。糜夫人は深傷を負いながら、劉備の息子阿斗(あと)（劉禅）を守り抜き、趙雲(ちょううん)に阿斗を渡すや、足手まといになることを恐れ、井戸に身を投げて命を絶った。阿斗が彼女の実子でないだけに、この健気な献身にはひときわ胸をうつものがある。

三国志世界には今あげた模範的な烈女のみならず、強烈に自己主張を押し通す、むしろ猛女というべきタイプの女性像も登場する。曹操の先妻丁夫人もその一人である。建安二年、曹操は「宛城の戦い」で不覚の大敗を喫し、長男曹昂を戦死させた。別の女性が産んだ曹昂を養子にしていた丁夫人は衝撃を受け、曹操を恨んで許さなかったため、ついに離婚に至った。丁夫人の気性の激しさは頗る付きのものであり、さすがの曹操も手の施しようがなかったのである。曹操は猛妻に手を焼いたが、呉の孫権に至っては、母の力を行使する実母の呉太夫人や継母の呉国太をはじめ、劉備と結ばれた武勇好きの妹孫夫人、権力欲の強い娘の全公主等々、周囲にひしめく猛女たちに、終始一貫、ひたひたと圧迫されつづけたのだった。

こうして見ると、男たちのみで構成されているかに見える三国志世界、ことに『演義』の世界には、美女、烈女、猛女等々、実に多彩な女性像が登場して複雑微妙な陰翳を刻みこみ、物語世界をゆたかに膨らませていることがわかる。

阿斗（劉禅）を抱く糜夫人
（『三国志演義全圖』より）

異相

『三国志演義』の世界では、登場人物の特徴を表現するさい、容姿や風貌などの外面的要素が重要なポイントとなる。たとえば、『演義』の中核をなす劉備・関羽・張飛の場合も、劉備は肩まで垂れる大耳、関羽は長いヒゲに重棗のような赤い顔、張飛は彪のような頭にドングリ眼と、いずれも常人離れのした風貌が特記される。また、呉の孫権も「碧眼紫髯（青い目に紫色のヒゲ）」と、これまた華々しい異相の持ち主であることが強調される。『演義』世界では、こうした「容貌魁偉」の人物にはまずもって手放しの賛美を惜しまない。

「容貌魁偉」とともに賛美されるのは「美貌」である。『演義』世界で美貌を謳われるのは、呂布、馬超、孫策、周瑜らだが、劉備の軍師諸葛亮も長身白皙、神秘的な美貌の持ち主だった。ちなみに、諸葛亮は初登場の場面で「身長八尺、顔は冠に付ける玉のようであり、頭に綸巾（隠者の頭巾）をのせ、身には鶴氅（鶴の羽で作った上衣）をつけ、飄々としてまるで仙人のようである」（『三国志演義』第三十八回）と、賛嘆をこめて紹介されている。

　こうして『演義』世界では、容貌魁偉の人物や美貌の主が評価されるのに対し、哀れをとどめるのは「容貌醜怪」の人物である。たとえば、龐統は「伏龍」の諸葛亮と並び称される、荊州の逸材「鳳雛」であるにもかかわらず、「濃い眉毛に獅子鼻、色黒の顔に短いアゴヒゲ」（第五十七回）と見栄えのしない風貌だった。このため、孫権に嫌われ劉備にも冷遇されるが、やがて彼の真価に気づいた劉備に厚遇され、諸葛亮に次ぐ軍師となる。しかし、龐統は劉備とともに蜀攻略の苦しい戦いをつづけたあげく、成都陥落直前、戦死するにいたる。醜い鳳雛の生涯は、美貌の伏龍とは対照的にまことに不運なものだった。

　劉備を蜀攻略に踏み切らせた張松も、龐統と甲乙つけがたい容貌醜怪の人物である。最初、弁の立つ張松は蜀の支配者劉璋の使者として、曹操のもとに出向くが、曹操は彼の「钁のような額に尖った頭、ペチャンコの鼻に出っ歯、背丈はチンチクリンで五尺に満たず、銅鑼(ドラ)のような声の持ち主」(第六十回)という醜い容貌を見ただけでウンザリし、すげなく追い返してしまう。曹操も貧相な小男だったとされるから、近親憎悪の気味もあったのかもしれない。これで頭にきた張松はその足で劉備のもとに立ち寄り、蜀攻略を勧めた。かくして、蜀へもどった張松は愚かな劉璋を巧みに説得し、首尾よく劉備を蜀に入らせることに成功する。いわば、張松は劉備の蜀攻略の功労者なのだが、これまた劉備が蜀に入ってまもなく、陰謀が露見し殺害されるという非業の最期を遂げた。『演義』世界では、龐統といい張松といい、容貌醜怪な人物はまことにワリのあわない役回りなのである。

並はずれた異相もプラス方向の容貌魁偉や美貌の場合には賛嘆され、格好のいい見せ場が設定されるが、マイナス方向の醜怪の場合、曹操は例外としても、概して踏んだり蹴ったり、哀れな最期を遂げることが多い。さすが語り物から生まれた物語だけあって、『演義』世界の美醜に対する感覚は、残酷なまでに明快だというほかない。

中国・成都武侯祠博物館内に安置されている龐統像

老将

三国志世界には気迫あふれる魅力的な老将が多い。その代表格は劉備(りゅうび)配下の名将趙雲(ちょううん)である。趙雲は当初、群雄の一人公孫瓚(こうそんさん)配下の部将だった。やがて劉備と出会うが、宿願を果たし劉備のもとに馳せ参じたのは、十数年後、公孫瓚が敗死した後である。建安六年(二〇一)、劉備が荊州(けいしゅう)に逃げ込む寸前のことだ。以来、危機に強い趙雲は劉備軍団きっての猛将として、「長坂(ちょうはん)の戦い」や「漢中争奪戦」を始め幾多の戦いにおいて大活躍をつづけた。

趙雲が最後に戦場に出たのは、蜀の建興(けんこう)五年(二二七)、諸葛亮(しょかつりょう)の第一次北伐のさいである。このとき、諸葛亮は最初、すでに高齢の趙雲を案じて従軍メンバーからはずした。憤慨した趙雲は諸葛亮に対して、「もし私を先鋒にしてくださらないのであれば、この石段に頭をぶつけて死ぬまでのこと」(『三国志演義』第九十一回）と抗議した。この頑固一徹には諸葛亮も閉口し、趙雲を先鋒隊長に任じた。趙雲は果敢な戦いぶりでみごと先鋒の重任を果たしたばかりか、諸葛亮の愛弟子馬謖（ばしょく）の作戦ミスで、蜀軍が撤退のやむなきに至ったときも、「一人一騎」を失うことなく、水際だった退却ぶりを示した。まさに百戦錬磨の老将の底力である。この頼もしい趙雲は第一次北伐の直後に病死し、蜀の陣営はいっきょに淋しくなる。

趙雲が『演義』世界に初登場するのは二十代であり、以後、七十近くまで活躍しつづけるが、やはり劉備配下の黄忠（こうちゅう）の場合は登場したときからすでに老将であった。黄忠が劉備の部将になったのは、建安十三年（二〇八）冬の「赤壁の戦い」後、劉備が荊州南部の四郡（零陵（れいりょう）、桂陽（けいよう）、武陵（ぶりょう）、長沙（ちょうさ））を攻略したときである。当時、長沙太守の配下だった黄忠は、劉備の要請に応じてその部将となり、以後、漢中争奪戦のさい、魏軍の猛将夏侯淵（かこうえん）を一刀両断にしたのをはじめ、壮絶な戦いぶりを示して、文字どおり老いの花を咲かせた。章武（しょうぶ）元年（二二一）、殺された関羽の報復のため、劉備が呉に攻め込んだとき、黄忠も従軍したが、血気にはやり敵を深追いして重傷を負った。臨終にあたり黄忠は劉備に「私は一介の軍人にすぎませんのに、幸運にも陛下と出会うことができました。私は七十五歳ですから、寿命に不足はありません」（第八十三回）と感謝しつつ、絶命した。とすれば、黄忠の最盛期は六十代から七十代だということになる。恐るべき老将である。

　呉の三人の老将、程普・黄蓋・韓当の活躍もまた、蜀の趙雲、黄忠に劣らないものがある。彼らは孫堅配下の部将として激戦をくぐりぬけ、孫堅の死後は息子の孫策・孫権につき従い、呉軍の主力となった。とりわけ曹操の大軍を撃破した赤壁の戦いの奇跡的勝利は、この三人のベテラン老将と、若き総司令官周瑜の緊密な協力関係によるものである。

　蜀にも呉にもこうして特記すべき老将が厳然と存在するけれども、超大国魏にはどうも輝かしい老将が見当たらない。老いをものともしなかったという点では、齢七十一で執念の巻き返しに成功し、実権を掌握した司馬懿があげられる。しかし、どうもイメージが暗く、先にあげた老将たちのきっぱりした爽快感にはほど遠いといわざるをえないだろう。

魏の猛将・夏侯淵を一刀両断した黄忠
（『新全相三国志平話』より）

若武者

後漢末から約百年におよぶ三国志世界において、颯爽たる若武者として登場し、激戦をくぐりぬけて、百戦錬磨の老将となるまで、戦いぬいた人々は枚挙に暇がない。そうしたなかで、剛勇無双にして華麗な若武者として登場し、もっとも鮮烈な印象を与えるのは、「西涼の猛将」馬超である。ちなみに、彼はその美貌により「錦の馬超」とも称される。

馬超の父馬騰は西涼（甘粛省）を根拠地とする軍閥だった。馬騰は専横をふるう董卓の部将李傕と郭汜に憤激し、初平三年（一九二）盟友の韓遂とともに挙兵、長安に攻め寄せた。このとき、まだ十七歳だった馬超も従軍し、敵の軍勢を蹴散らす大殊勲をあげた。『三国志演義』（第十回）は、戦場に姿をあらわした馬超の華麗な若武者ぶりをこう描いている。

冠の玉のような顔、流星のような眼、虎の体に猿の臂、彪の腹に狼の腰をした若い将軍が、手に長い鎗を持ち、駿馬にまたがって、陣のまんなかから飛び出して来た。この武将こそ馬騰の息子の馬超、あざな孟起であった。年は十七歳になったばかり、無敵の剛勇の持ち主である。

こうして颯爽と演義世界に登場した馬超は、十九年後、父馬騰を殺した曹操に報復戦を挑み、さしもの曹操をきりきり舞いさせる。しかし、奮戦むなしく撃破され、流転を重ねたあげく、建安十九年（二一四）、蜀制覇を目前にした劉備に降伏、以後、蜀軍の中核的部将となる。美貌の若武者として衝撃的に登場した後、時を経て、さらに強さと風格を増した壮年の武将として再登場し、曹操に果敢に挑む馬超の姿は、『演義』世界を揺り動かす迫力にあふれているが、劉備に降伏した後はいささか精彩に欠けるといわざるをえない。

このほか、『演義』の終幕近く、馬超ほど大物ではないけれども、とびきりの武勇の持ち主である文鴦という若武者が登場する。文鴦は魏末、司馬氏の露骨な魏王朝簒奪計画に反発し、正元二年（二五五）、毌丘倹とともに反旗を翻した揚州刺史文欽の息子である。このとき、まだ十八歳だった文鴦は果敢にも単騎で司馬師の率いる魏軍に突撃をかけ、「文鴦が鋼鉄の鞭をふりあげるたびに、魏の部将はバラバラと馬から転がり落ち、ほうほうの体で退却した」（第一百十回）という、ダイナミックな戦いぶりを示した。しかし、これまた文鴦の奮戦あえなく魏軍に撃破され、父とともに呉に投降する羽目になる。

その後、諸葛誕が司馬昭に反旗を翻したさい、文欽・文鴦父子は呉から加勢に赴くが、文欽が諸葛誕と衝突して殺されると、文鴦と弟の文虎は脱出して司馬昭のもとに駆け込み降伏したのだった。以後、文鴦は演義世界から退場する。

颯爽たる若武者として登場し、『演義』世界に清新な風をふきこんだ馬超も文鴦も、そろって不運、非運につきまとわれ、転変の生涯を送らざるをえなかった。武勇は歳月をへて強化できるが、これにくわえて強靭な知力がないと、乱世を自力で生き抜くことは難しいということかもしれない。

中国・漢中の馬超祠にある馬超像

超能力者

『三国志演義』には、神秘的な術を操る魔術師・仙人・医者などの超能力者がここぞというときに登場し、物語世界の興趣を盛り上げている。そもそも後漢末の乱世を招来した、「黄巾の乱」のリーダー張角(ちょうかく)もまた魔術師であった。種々の魔術をマスターし、道教系の新興宗教「太平道(たいへいどう)」の教祖となった張角は、社会不安が深刻化する状況のもと、とりわけお札と霊水で病気を治す術によって多くの信者を獲得し、ついに後漢王朝に反旗を翻した。『演義』世界は、まずこのおどろしい魔術師張角の姿を描くことによって開幕する。

『演義』世界を見渡すと、英雄のうちで超能力者と因縁が深いのは孫策(そんさく)と曹操(そうそう)である。孫策は建安五年（二〇〇）、刺客に襲われ重傷を負った。その療養中、江南で人気の高い道士（道教の僧）、于吉(うきつ)の存在に神経を尖らせ火刑に処した。合理主義者の孫策は迷信嫌いであり、神秘的な魔術によって人々を動かす于吉にがまんならなかったのだ。しかし、けっきょく孫策は于吉の亡霊に祟られ、追いつめられて死ぬ羽目になる（『三国志演義』第二十九回）。

　孫策と同様、合理主義者で迷信嫌いだった曹操も晩年、さまざまな超能力者と関わりをもつ。まず左慈。左慈は反抗的な仙人・超能力者であり、建安二十二年ごろ、曹操の前に出現しさんざん曹操を嘲弄したあげく、投獄されてもなんのその、あっさり脱獄し、分身術や変身術を駆使して逃げ切る（第六十八回〜六十九回）。左慈に悩まされた曹操はとうとう病気になってしまうのである。ついで曹操の前に出現した管輅は占いの名人だが、左慈に比べれば、はるかに穏やかな超能力者だった。彼は曹操の寿命がさほど長くないことを見抜くと、後難をはばかり、さりげなく曹操のもとを立ち去る。

　左慈、管輅につづき、最後に曹操と深く関わる超能力者は、本書第三章の「名医」の頁（二〇四ページ）でとりあげている名医華佗である。華佗は外科手術を得意とし、『演義』世界では建安二十四年（二一九）、毒矢に当たった関羽の肘を切開し、みごと治癒させたことで知られる（第七十五回）。その後、頭痛に悩む曹操が華佗の評判を聞いて召し寄せ診察させたところ、華佗は頭を切開し病根を摘出するしかないと診断を下す。疑り深い曹操は関羽と親しかった華佗が、これを口実に自分を殺そうとしているのだと思い、投獄して拷問したため、華佗は獄中死してしまう。華佗を殺した曹操は、けっきょく頭痛が悪化し落命するにいたる（第七十八回）。

こうしてみると、合理主義者の孫策や曹操と超能力者の関わりは、しょせん水と油であり、きわめて不調に終わったとしか言いようがない。実のところ、『演義』世界最大の超能力者・魔術師は「赤壁の戦い」の直前、七星壇を築き東南風を呼びおこした、かの諸葛亮孔明（しょかつりょうこうめい）にほかならない。しかし、諸葛亮は神秘的な魔術師であると同時に、きわめて優秀な政治家であり軍事家であった。さして力もない劉備がこのなさざることなき超能力者、諸葛亮と堅い信頼関係を結びえたということは、まさに稀有（けう）の幸運だったといえよう。孫策や曹操の不運と比べるとき、劉備の幸運がいっそうきわだつのである。

白羽扇を手にした諸葛亮。
図版は中国・成都武侯祠博物館内の諸葛亮像

猛将

「猛将」というと、ともかく剛勇無双、戦場を駆けめぐって、当たるを幸いなぎ倒す爆発的な力にあふれた荒武者のイメージがある。知力や戦略の持ち合わせはほとんどなく（むしろ能天気といえよう）、思い込んだら命がけ、わき目もふらず、敵に向かって突進する。『三国志演義』の物語世界において、こうした猛将のイメージにぴったりなのは、劉備（りゅうび）の義弟張飛（ちょうひ）および曹操（そうそう）の親衛隊長だった典韋（てんい）と許褚（きょちょ）である。

『演義』に先立つ語り物や芝居の「三国志物語」において、張飛は関羽（かんう）や諸葛亮（しょかつりょう）をしのぐビッグスターだった。張飛は破壊的な力を発揮して、いさいかまわず大暴れする一方、愚かで間が抜けており、大事な場面で大ポカを演じてしまう。そんな強くておかしい張飛の大活躍に、聴衆や観客はやんやの喝采を送り、胸がすっとするカタルシスを覚えたのだ。長篇小説『演義』にいたるや、こうした張飛の活躍はややセーブされるようになるとはいえ、わずか二十騎を率いて長坂橋のたもとに陣取り、「われこそは燕人張翼徳なり。命がけで勝負する者はおらんのか」（『三国志演義』第四十二回）と、裂帛の気合いをこめた一喝をもって、曹操の大軍を撃退した「長坂の戦い」の場面をはじめ、その極め付きの猛将ぶりを活写したくだりは数多い。また、劉備が諸葛亮に対して三顧の礼を尽くす場面（第三十八回）で、じらされた張飛が頭にきて暴言をはくなど、その愚かな道化役、トリックスターとしてのイメージも随所にもりこまれ、『演義』世界を活性化させている。

曹操の親衛隊長の典韋や許褚にはトリックスター的性格は見られないが、劉備一筋の張飛にひけをとらないほど曹操一筋、爆発的な力を発揮して戦いぬく。このうち、一兵卒から抜擢されて曹操の身辺警護に当たった典韋は、建安二年（一九七）、弱小群雄の一人、張繡との「宛城の戦い」において、不覚の大敗を喫した曹操を守るために獅子奮迅の戦いをつづけたすえ、体の数十か所に傷を受け、目をいからせ大声で敵を罵倒しながら、立ったまま息絶えた（第十六回）。典韋の捨て身の奮戦のおかげで、絶体絶命の危地を逃れることができた曹操は、典韋の献身をいつまでも忘れず、哀惜しつづけたという。猛将典韋は『演義』世界から早く姿を消すけれども、読者に強い印象を残すキャラクターである。

残る一人、許褚は「虎痴（こち）」と呼ばれる猛将であり、典韋亡き後、曹操の身辺警護に当たった。許褚は建安十六年の馬超（ばちょう）との戦いにおいて、窮地に陥った曹操を船に乗せ、船を操りながら敵の矢を防ぐなど（第五十八回）、超人的な力を発揮して曹操を守りつづけた。曹操が死去したとき、彼は悲嘆にくれて号泣し血を吐いたとされる。典韋や許褚のような直情径行の猛将にこれほど思われたところをみると、曹操も並の「奸雄」とは一味もふた味もちがう、大いなる魅力があったといえよう。

このほか、呂布（りょふ）や馬超も剛勇無双だが、呂布は裏切りを重ね、馬超は転変を繰り返すなど、彼らには暗いイメージがつきまとい、どうも痛快なエネルギーの塊としての猛将とは言いがたいものがある。

まさに猛将たる張飛。
図版は中国・成都武侯祠博物館内の張飛像

使者

権力が皇帝に一極集中することなく、各地に割拠した実力者に分散する乱世においては、実力者間の「外交交渉」が重要となり、各実力者の代理人として相手側と交渉する外交使節、すなわち「使者」の弁舌がものをいうケースが多い。こうした使者の活躍がめだつのは、古くは春秋戦国の乱世であり、これに次ぐのは三国志の時代である。

三国志世界において交渉相手を圧倒した超一流の使者といえば、まず劉備(りゅうび)の名軍師諸葛亮(しょかつりょう)に指を屈するだろう。建安十三年(二〇八)、劉備主従は「長坂(ちょうはん)の戦い」において、曹操(そうそう)の精鋭部隊に蹴散らされ、血路を開いて辛うじて逃げのびた。このとき幸いにも荊州(けいしゅう)情勢の偵察中だった孫権のブレーン魯粛(ろしゅく)と出会い、話し合いの結果、諸葛亮が劉備の使者として魯粛ともども呉に乗り込み、劉備と手を組み曹操と決戦するよう、孫権を説得することになる。呉に到着した諸葛亮は三寸不爛の舌をふるって、張昭ら降伏派の呉の文官連中を次々に論破、降伏か決戦か躊躇していた呉の軍事責任者周瑜をも決戦に踏み切らせ、ついに孫権を動かすことに成功する（『三国志演義』第四十三回～四十九回）。弁舌の力である。

諸葛亮はこうして大成功をおさめたが、これとは対照的に、使者としては不首尾に終わったが、ヒョウタンから駒、思わぬ展開をもたらした者もいる。建安十六年（二一一）、当時の蜀の支配者劉璋は、近接する漢中に依拠する張魯の攻勢に危機感をつのらせ、曹操に加勢を求めるために、能弁の配下張松を使者として派遣した。しかし、曹操は、容貌醜悪にもかかわらず、いかにも才子然とした張松に反感をもち、ろくに話もきかずに追い返してしまう。その帰途、劉備のもとに立ち寄った張松は、この人物こそ蜀の支配者になるべきだとすっかり惚れ込み、蜀にもどるや、劉璋を説得し劉備を蜀に迎え入れる手はずを整える。張松は劉備が蜀を制覇する前に、劉備との関係が露見し、処刑されてしまうが、劉備にとっては蜀支配のきっかけを作ってくれた功労者にほかならない。

魏や呉に比べ、はるかに弱小勢力の劉備ひいては蜀は、先の諸葛亮の例にも明らかなように、外交交渉に活路を求めるケースも多く、幸い外交能力抜群の人材にも恵まれていた。劉備の死後、諸葛亮は魏への挑戦（北伐）を射程に入れながら、まず、こじれにこじれた呉との関係を修復すべく、卓抜した外交センスの持ち主である鄧芝（とうし）を使者として孫権のもとへ派遣した。諸葛亮のめがねに狂いはなく、鄧芝は堂々と孫権とわたりあい、ついに蜀と同盟を結ぶことを承知させる。話し合いがついた後、孫権が「魏を滅ぼし、呉と蜀の二人の君主が天下を分けて治めるのも、また楽しいではないか」と言うと、鄧芝はすかさず孟子の言葉を引き、「天に二つの太陽はなく、民に二人の王はいない、と申します」（第八十六回）と言ってのけた。そうなれば決戦だというのだ。どうして大した度胸である。三国志世界は軍事対決ばかりでなく、諸葛亮や鄧芝のように臨機応変、機知と度胸にあふれた使者の活躍によって、状況が大転換するところにも無類の面白さがあるといえよう。

諸葛亮の期待に見事にこたえた
鄧芝
（図版は中国で売られている泥人形）

一喝

三国志世界において、「一喝」すなわち、声を張り上げひと声で怒鳴りつけ、相手をふるえあがらせたことで、名を馳せるのは、なんといっても「長坂の戦い」の張飛である。建安十三年（二〇八）、大軍を率い曹操が南下してきたとき、荊州にいた劉備主従は江陵めざして必死の逃避行を開始する。しかし、大勢の住民を引き連れていたため、移動のスピードがあがらず、江陵の北の長坂で曹操の精鋭軍に追いつかれてしまう。たちまち凄まじい乱戦となるが、ここで大活躍したのは、張飛と趙雲だった。

『三国志演義』第四十二回は、わずか二十騎を率いて長坂橋に陣取った張飛が、押し寄せてくる曹操の大軍に向かい、気合をこめて一喝すること三度、曹操の大軍をみごと撃退するさまを活写している。すなわち、最初「われこそは燕人張翼徳なり、命がけで勝負する者はおらんのか」と一喝すると、雷鳴のようなその声を聞いた曹操軍の将兵はみな足をワナワナふるわせ、二度目の一喝で曹操が怖じ気づき、三度目の一喝で部将の夏侯覇（夏侯傑ともいう）が落馬し、曹操を筆頭に全軍いっせいに逃げ出す、という具合である。武器も使わず、大音声だけで大軍を撃退したのだから、張飛の一喝の迫力が知れようというものだ。

もっとも、『演義』に先立つ、語り物のテキスト『三国志平話』では、張飛の一喝でなんと長坂橋が落ちてしまったとされており、大音声の威力がさらに誇張して描かれている。この場面は、屈指の見せ場として講釈師も好んでとりあげたようだが、張飛の一喝を真似ることは難しく、清代初期の呉天緒なる講釈師は、「ただ口を大きく開け眼をみはり、手でふりをするだけで、一言もいわない」という、「沈黙の芸」を披露したとされる。パントマイムによって、聴衆に張飛の天地を震わせる大音声を想像させようというわけだ。

張飛の兄貴分にあたる関羽の一喝にも凄まじい迫力がある。建安二十四年、関羽は孫権が曹操と手を組んだため、魏軍と呉軍に挟み撃ちされて敗走、呉軍に生け捕りにされ、「碧眼の小僧、紫髯のネズミ野郎」と孫権を罵りながら、殺害された。その後、荊州を手中におさめた孫権は祝宴を催して、功労者の呂蒙をねぎらい酒をついでやった。これを飲もうとした瞬間、呂蒙は突如、杯を地面に投げつけ、孫権に向かって「碧眼の小僧、紫髯のネズミ野郎。私が誰だかわかるか」と一喝した。なんと関羽の霊が呂蒙に乗りうつったのだ。孫権を罵倒し尽くした関羽の霊が去ったあと、見れば、呂蒙は体中から血を流して息絶えていた。この関羽の一喝は、幽明界を越えて出現した、死者の恨みのこもった一喝であり、陽気な破壊力を思わせる張飛の場合に比べれば、なんとも陰にこもってもの凄い。『演義』世界には、ほかにも一喝の威力を示す例がいくらもあるが、曹操の大軍を総崩れにした張飛の一喝、および宿敵の呂蒙に乗りうつって、孫権を恐怖のどん底に突き落とし、当の呂蒙を絶命させた関羽の一喝の右に出るものはない。このように他に類を見ない張飛と関羽の猛烈な一喝は、彼らが『演義』世界において、いかに強烈な磁力を放つ存在であるかを、おのずと示している。

張飛の一喝に恐怖にかられる曹操軍の将兵
(『三国志演義全圖』より)

名将

「名将」には抜群の武勇を有するのみならず、危機に遭遇してもびくともせず、いかなるときも自分の役割を果たすプロフェッショナルな武将のイメージがある。その意味でまず想起されるのは曹仁（そうじん）である。曹操（そうそう）の従兄弟にあたる曹仁は、曹操の挙兵当初からつき従い、あまたの激戦を戦い抜いて数々の大功をあげた。曹操は曹仁を全面的に信頼し、なまじの部将では対処しきれない難局には、いつも彼を起用しその手腕にすべてをゆだねた。

たとえば、建安十三年（二〇八）、「赤壁（せきへき）の戦い」で惨敗を喫し華北へ撤退するにあたり、曹操は曹仁を荊州（けいしゅう）に残留させ南郡（なんぐん）を死守させた。曹仁はその信頼にこたえ、怒濤の勢いで攻め寄せる周瑜（しゅうゆ）の率いる呉軍を向こうにまわして、実によく戦い持ちこたえた。出撃した部将の牛金（ぎゅうきん）らが呉軍に包囲されたときなど、豪胆な曹仁はみずから包囲網に突入、奮戦して牛金を救出したのみならず、まだ数十騎とり残されていると見るや、馬を返して突っ込み、包囲網から彼らを救い出すという離れ業をやってのけた（『三国志演義』第五十一回）。

こうしてめいっぱい戦い役割を果たした後、曹仁は南郡を放棄して北上、以後、荊州北部の襄陽（じょうよう）および樊（はん）に駐屯し、江南の孫権（そんけん）や劉備（りゅうび）に睨みをきかせた。建安二十四年、北上した関羽の猛攻を受けて十重二十重に包囲されたさいも、おりしも漢水（かんすい）の氾濫で水浸しになりながら、曹仁は将兵を叱咤激励してがんばりぬき、徐（じょ）晃（こう）らの率いる援軍が到着するまで樊城を死守した（第七十四回）。危機に強く度胸のすわった名将、曹仁でなくては、勢いに乗った関羽の進撃をくいとめることは不可能だったにちがいない。

やはり曹操配下の部将張遼（ちょうりょう）も名将の一人である。張遼がその名将ぶりをいかんなく発揮したのは、建安二十年（二一五）、孫権と激戦したさいである。当時、曹操側の呉に対する戦略拠点である合肥（がっぴ）に駐屯していた張遼は、大軍を率いた孫権の急襲を受けた。このとき、張遼は「力をふるって戦い、敵の鋭鋒を打ち砕いて、味方を落ち着かせてから、守備すべきだ」(第六十七回)と主張し、精鋭部隊を率いて孫権の大軍に突撃をかけた。当たるを幸いなぎ倒し、戦場を駆け抜けた張遼はまたたくまに孫権の本陣に迫り、仰天した孫権は命からがら逃げ出すしまつだった。こうして孫権を撃退した張遼の勇名は江南一帯にとどろきわたり、江南では小児が泣きやまないとき、「遼来遼来(張遼が来るよ、張遼が来るよ)」とおどかすと、おびえて泣きやんだという逸話が残っているほどだ。

曹操配下の二人の名将、曹仁と張遼はこうして絶体絶命の危機においてもひるまず、それぞれ臨機応変に対処し、みずからの役割をみごとに果たしきった。曹操が彼らを厚く信頼し、江南に対する重要な戦略拠点に配置したのも、むべなるかな、である。劉備配下の部将で文句なしの名将といえばまず趙雲(ちょううん)があげられるが、孫策・孫権の配下を見ると、周瑜はじめ優秀な軍師や猛将には事欠かないが、名将と称されるような部将は見当たらない。多士済々(たしせいせい)の曹操軍団、数こそ少ないがバラエティに富んだ劉備軍団に比べると、孫策・孫権軍団にはやはりいささか変化と面白みに欠ける傾向があるといえそうだ。

関羽と縁の深かった曹操配下の名将、張遼
(『三国志演義全圖』より)

裏切り者

三国志世界の裏切り者といえばまず呂布である。呂布は剛勇無双であり、また、『三国志演義』ではとびきりの美将とされるにもかかわらず、素行は芳しくなく、変節に変節を重ねた。

彼は実父を亡くした後、并州刺史丁原の養子となった。丁原は中平六年（一八九）、董卓が少帝を廃し陳留王（のちの献帝）を立てようとしたとき、敢然と異を唱えるなど、非常に剛直な人物だった。丁原には呂布がついており、董卓もうかつに手を出せない。そこで董卓は呂布のもとに配下の李粛を派遣し、寝返りをうながすという手を使った。目先の欲望に弱い呂布は、名馬の赤兎馬など、董卓からの数々の贈り物に心を奪われ、あっさり養父の丁原を裏切って首を斬り、これを手土産に董卓のもとに参上したのだった。

以後しばらく呂布は、董卓配下の猛将として勇名をとどろかすが、けっきょく董卓をも裏切る結果となる。後漢王朝の重臣王允の意をうけた美女貂蟬をめぐって、董卓とはげしい恋の鞘当てを演じたあげく、いさいかまわず、戟の一突きで殺害したのである（『三国志演義』第九回）。丁原、董卓と二人の養父を殺害した呂布は、その後、曹操の根拠地兗州に攻め込んだものの、けっきょく撃退され、劉備の根拠地徐州に逃げ込んだかと思うと、今度は劉備を追い出して徐州を乗っ取ってしまうなど、習い性と化した裏切りを重ねた果てに、建安三年（一九八）、ついに曹操に滅ぼされ処刑された（第十九回）。武勇といい容貌といい、『演義』世界では群を抜いた存在でありながら、無謀にして無節操、知性のかけらもない呂布は行きあたりばったり、欲望のままに裏切りを重ね、自滅の坂を転がり落ちていったのである。

呂布が『演義』世界の前半における「裏切り常習犯」だとすれば、後半の物語世界を暗く揺さぶる裏切り常習犯は孟達にほかならない。孟達は建安十六年（二一一）、張松や法正と共謀して劉備を蜀に引き入れ、劉備が蜀を領有した後、劉備の養子劉封とともに荊州北部の上庸を攻略、駐屯していた。しかし、建安二十四年（二一九）、魏軍と呉軍に挟撃された関羽の救援を拒否、見殺しにした。このため、劉備に処罰されることを恐れて魏に降伏するが、厚遇してくれた魏の文帝曹丕の死後、魏でも立場が悪くなる。

そこで、太和二年（二二八）、北伐をめざす諸葛亮と連絡をとり、蜀への復帰を図るが、けっきょく司馬懿の急襲をうけ殺害されるにいたる。これまた叛服常ない典型的な裏切り常習犯である。

ちなみに蜀には孟達のほかにもう一人、裏切り常習犯がいる。魏延である。転身と裏切りを重ね劉備の部将となった魏延に対して、諸葛亮は当初から先々謀反するに相違ないと、その食えない本性を見抜いていたものの、蜀は人材不足であり、それなりの軍事的能力をもつ彼を重用せざるをえなかった。諸葛亮の死後、魏延は案の定、反旗を翻すが、そんなことはお見通しの諸葛亮が生前に立てた計略にはまり、あっけなく滅ぼされてしまう。

三国志世界の裏切り者、呂布、孟達、魏延に共通するのは、裏切りは癖になり、

貂蟬の美しさに目がくらんだ呂布（中国「連環画」より）

繰り返すうち、ますます倫理観が麻痺（まひ）して、ついにみずから墓穴を掘り自滅にいたるというパターンである。裏切りはけっきょく裏切った者自身を根底から蝕（むしば）み崩壊させるといえそうだ。

度量

三国志世界の英雄のうち、大いなる度量の持ち主といえば、まず曹操（そうそう）である。とりわけ建安五年（二〇〇）、「官渡（かんと）の戦い」でライバル袁紹（えんしょう）を撃破し、華北の覇者となった前後の曹操は、的確な決断力と大いなる度量を兼ね備え、いかにも上り坂の人物らしい輝きに満ちている。このころ曹操がその度量の大きさをいかんなく発揮した二つの出来事があった。

一つは、建安五年、反旗をひるがえした劉備（りゅうび）の拠点、徐州に猛攻をかけて撃破したさい、張遼（ちょうりょう）の説得に応じて、条件付き降伏をした関羽（かんう）に対する扱いである。関羽に惚れこんだ曹操は、贈り物攻めをするなどして、なんとか彼を傘下に入れようと苦心惨憺（くしんさんたん）したが、劉備一筋の関羽の心を動かすことはできなかった。のみならず、関羽は劉備の居所が判明するや、許可を得られないまま、曹操のもとを立ち去り、行く手を阻む曹操側の五つの関所を破り、六人の守将を血祭りにあげるという壮絶な逃避行を敢行した。ご存じ「美髯公　千里　単騎を走らせ、漢寿侯　五関に六将を斬る」（『三国志演義』第二十七回）の名場面である。このとき、曹操は立腹するどころか、「彼は彼なりに主君のためにしているのだ。追ってはならん」と、いきりたつ配下を制止し、「こういう人物こそ、わしは心から尊敬する」と言って、餞別を与え潔く見送った（同前）。こうした度量の大きさによって、曹操と関羽との間に敵味方を超えた心の繋がりが生じ、後年「赤壁の戦い」の後、敗走の憂き目にあったとき、今度は逆に曹操が関羽に救われることになる。

今ひとつは、「官渡の戦い」に勝利し袁紹が撤退した後、その残留品のなかから、曹操の配下がひそかに袁紹に送った手紙がごっそり出てきたさいのことである。このとき、曹操は「袁紹が強大だったときは、わしでさえ身を保つことができなかったのだから、まして他の者はなおさらそうだったにちがいない」と述べて、手紙をすべて焼却させ、いっさい不問に付した（第三十回）。このときの曹操は自信にあふれ、清濁あわせ飲む度量にあふれた颯爽たる英雄にほかならなかっ

関羽にたむけの衣服をおくる曹操
（『新全相三国志平話』より）

た。しかし、晩年になると、曹操もとみに権力志向を増し、これとともに、猜疑心も強くなって、持ち前の許容力にも翳(かげ)りが生じる。華北の覇者となり、悠然たる度量の人だったこのころが、曹操の花だったといえよう。

このほか、攻撃精神の結晶のような呉の孫策(そんさく)も、決闘のあげく降伏した太史慈(たいしじ)を全面的に信頼し、配下の反対を押し切って、軍勢を連れてくるという彼の申し出を期限付きで認め、太史慈もこれにこたえたという有名な挿話がものがたるように、なかなかの度量の持ち主であった。曹操や孫策はこうして余裕たっぷり、ここぞというときに、鮮やかにその度量を見せつけるが、一見、包容力にあふれている劉備(りゅうび)はその実、どうも度量があるとは言い難い。身の置き場がなくなり逃げこんできた呂布(りょふ)をうかうか受け入れ、けっきょく拠点の徐州を乗っ取られてしまった顚末などは、単に無防備というしかないありさまだ。度量があることと無防備であることは、根本的に異なるのである。乱世の英雄の度量は、異質な者や容認しがたい者を受け入れても、自らがそれによって損なわれることはないという鋭敏な判断力があってこそ、威力を発揮するといえよう。

末裔

三国志世界を流れる時間は、二世紀後半の後漢末から三世紀後半の三国の滅亡、西晋の全土統一まで、約百年にわたる。この間、三世紀前半には曹操、劉備を始めとする第一世代が次々に退場し、以後、子孫の時代となってゆく。

まず曹操の子孫を見てみよう。周知のごとく、曹操の後継の座をめぐって息子の曹丕と曹植がはげしい鍔ぜりあいを演じ、けっきょく曹丕が勝利した。曹丕は延康元年（二二〇）、曹操の死後九か月で、後漢の献帝から形式的な禅譲を受け、魏王朝を創設、皇帝（文帝）となった。冷静な合理主義者である曹丕は政治的能力も高く、唐以前の最大の詩人と目される弟の曹植に比べればひけをとるものの、文学的才能にも恵まれていた。しかし、彼は在位六年で死去し、長男の曹叡が第二代皇帝（明帝）となる。曹叡の母は、曹操が袁氏一族の根拠地鄴を陥落させたさい、一番乗りした曹丕が見初めて妻とした運命の美女甄夫人である。曹丕の即位後、彼女は皇后に立てられたが、まもなく曹丕の怒りを買い自殺に追い込まれた。このため、曹叡もなかなか後継者に指名されなかったとされる。ちなみに、曹丕に敗北した曹植は従子の曹叡の代になっても存命していたが、ますます迫害されて僻地の領地を転々とし、ほとんど軟禁状態のうちに憤死した。こうした曹植や甄夫人の悲劇は、曹氏の魏王朝のただならぬ未来をはるかに暗示するものだったといえよう。

黄初七年（二二六）、即位した当初の曹叡は英明な皇帝だった。しかし、しだいに奢侈に溺れ失政がめだつようになる。景初三年（二三九）、明帝が死去、一族の子とされる幼い斉王曹芳が第三代皇帝の座につく。実は、曹芳の出自には不明な点が多く、以後、曹氏の魏王朝は衰退の一途をたどることになる。こうしたなかで、諸葛亮のライバルだった司馬懿、その長男の司馬師、二男の司馬昭、司馬昭の長男司馬炎が、三代四人がかりで周到な魏王朝簒奪計画を推進し、泰始元年（二六五）、司馬炎がついに魏王朝を滅ぼして即位（武帝）、西晋王朝を立てる。ここに至るまで、斉王曹芳を強制退位させた司馬氏によって傀儡皇帝に立てられた高貴郷公曹髦（曹操の曾孫）が、甘露五年（二六〇）、司馬氏の圧迫に耐えかねて挙兵、無残に滅ぼされるという事件があった。敗北を承知で果敢に出撃した高貴郷公の姿は、まさに魏王朝の落日の最後の輝きを象徴するものである。

　司馬氏に翻弄され滅亡の坂を転がり落ちた曹氏の魏や、内紛で大混乱した呉（後述）に比べれば、劉備の蜀王朝の場合ははるかに穏やかだった。黄初四年（二二三）、劉備は諸葛亮に凡庸な長男劉禅を託して死去した。以後、劉禅はのほほんと諸葛亮に頼りきり、諸葛亮の死後も約三十年、皇帝の座にとどまりつづけた。劉禅は無能だが、姑息なところや邪悪なところがなく、蜀はめまぐるしく皇帝が交替した魏や呉とは異なり内紛もなく、景元四年（二六三）、すでに司馬昭が実権を掌握していた魏に滅ぼされるまで、劉禅のもとで平穏に存続したのだった。滅亡後、洛陽に移送された劉禅は亡国の悲哀を感じるふうもなく、洛陽暮らしを喜々として楽しみ、これを見た司馬昭は「たとえ諸葛亮が生きていたとしても、この人を輔佐していつまでも安泰にしておくことは無理だったろう」（『三国志演義』第一百十九回）と慨嘆したのだった。父の劉備は強烈な指導力があるわけでもないのに、なぜか豪傑たちをひきつける魅力があった。劉禅はそんな父から乱世的なバイタリティを抜き去り、明るく滅んでいった、いかにも素直で憎めない人物だったといえよう。

さて、呉の孫権は父の孫堅、兄の孫策の後を継いだ三代目であり、曹操や劉備に比べて二十歳以上も若いうえ、長命だったため、三国志世界の終盤近くまで生きた。しかし、老境に入った孫権には昔日の面影はなく、後継者問題で躓き、禍根を残すことになった。孫権の死後、呉の内紛は泥沼化し、孫権の息子である孫亮、孫休があいついで即位したものの、短期間に退位させられたり病死したりした後、即位したのが、呉王朝最後の皇帝孫皓（孫権の孫）である。孫皓はもともと頭脳明晰で、大叔父の孫策を思わせる優秀な素質の持ち主だったが、すでに屋台骨の傾いた呉王朝を支えきれず、狂ったように奢侈にふけり、気に入らない臣下を惨殺するなど、暴虐の限りを尽くした。その結果、咸寧六年（二八〇）、西晋軍の猛攻をうけてあえなく降伏、呉はついに滅亡した。しかし、孫皓は捕虜とな

三義廟の劉禅像。
蜀を捨て安楽公としてのんびり余生を全うする

って洛陽に移送された後も、まったくわるびれることなく、西晋の武帝司馬炎と切れ味鋭くわたりあうなど、呉の最後の皇帝としての誇りを失わなかった。こうした孫晧の姿は『三国志演義』第一百二十回に活写されている。けっきょく末世に生きあわせた孫晧は、颯爽と乱世を戦いぬいた大叔父孫策や祖父孫権のように、ストレートにエネルギーを燃焼させることができず、暴走し燃え尽きてしまったのである。

三国志世界の三人の英雄、曹操、劉備、孫権の後裔は、悲壮な高貴郷公、能天気な劉禅、エキセントリックな孫晧の例から顕著に見てとれるように、時代に育てられ上昇した偉大な父祖とは異なり、滅亡へと向かう時代の趨勢(すうせい)のなかで、それぞれのスタイルで下降を余儀なくされた。彼らが幕引き役を演じきったところで、三国志世界は終焉する。

兄弟

　三国志世界において、それぞれ自立して持ち味を十分に発揮し、大活躍をした兄弟といえば、まず諸葛瑾・諸葛亮兄弟があげられる。彼らは琅邪郡陽都県（山東省沂南市）の出身だが、父が早く亡くなったため、諸葛亮と弟の諸葛均は、豫章郡（江西省南昌市）の長官になった叔父の諸葛玄について、初平四年（一九三）ごろ、江南に渡った。まもなく叔父は地位を追われて荊州の劉表に身を寄せ、諸葛亮兄弟も荊州に移り住む。ちなみに、諸葛瑾は二人の弟とは別行動をとり、単独で江東に渡り、建安五年（二〇〇）、孫策の死後、後継者となった弟孫権の客分となって深く信頼され、以後、呉政権の中枢を担う重臣の一人となる。

　一方、諸葛亮は叔父の死後も荊州にとどまって隠遁生活をつづけるが、周知のごとく、建安十二年（二〇七。『三国志演義』では建安十三年）、劉備に「三顧の礼」を以て迎えられて名軍師となり、ついに蜀王朝を成立させるに至る。ただ、諸葛亮の弟である諸葛均については、『正史三国志』「諸葛亮伝」では、江南に渡った後の消息をまったく記さない。これに対して、『演義』では、諸葛亮とともに襄陽（じょうよう）（湖北省襄樊（じょうはん）市）郊外の隆中（りゅうちゅう）の丘（臥龍岡（がりょうこう））で隠遁生活を送ったとし、劉備が訪れたさいも、不在の諸葛亮に代わって応対するさまがいきいきと描かれている（『三国志演義』第三十七回）。さらにまた、諸葛亮が劉備の要請に応じて臥龍岡の草廬（そうろ）を出るにあたり、諸葛均に「おまえはみずからここで農耕を営み、くれぐれも田畑を荒れさせてはならんぞ。功業を成し遂げたあかつきには、私はきっとここに帰ってくるだろう」（第三十八回）と言い含めたとされる。むろん諸葛亮は帰ってくることはできず、これ以後、諸葛均は『演義』世界に二度と登場することはないが、兄の影のようにひっそりと生きる諸葛均のイメージは、読者に忘れ難い印象を与える。

諸葛亮の兄、諸葛瑾の実像は呉政権の重鎮にふさわしく、誠実かつ重厚なものだが、『演義』世界では諸葛亮の引き立て役がふりあてられ、道化的に描かれて

中国で売られているトランプに描かれた
諸葛亮（左）と諸葛瑾（右）兄弟

いる。たとえば、建安十三年、諸葛亮が劉備の使者として呉に乗り込んださい、周瑜は諸葛亮を呉に仕えさせるべく、諸葛瑾を差し向けて説得させた。しかし、諸葛瑾は逆に「兄上こそ呉を去って、私とともに劉皇叔（劉備）にお仕えになるべきだ」（第四十四回）と説得され、返す言葉もないありさま。また、建安十九年（二一四）、劉備が蜀を領有すると、孫権は貸与した荊州諸郡の返還を求め、諸葛瑾を成都に向かわせ交渉にあたらせたが、諸葛瑾は諸葛亮に翻弄され右往左往するばかりで、まったく成果をあげることはできなかった（第六十六回）。

実際には、諸葛瑾が呉の重臣だったために、諸葛亮には呉との最後のパイプが残されていた面もあり、蜀の建興元年（二二三）、蜀と呉がふたたび同盟するにあたっても、陰に陽に功を奏したものと思われる。付言すれば、諸葛瑾・諸葛亮兄弟の族弟、諸葛誕は魏に仕えており、「蜀はその龍を得、呉はその虎を得、魏はその狗を得た」（『世説新語』品藻篇）と称される。「狗」に喩えられた諸葛誕は、けっきょく司馬氏に反旗をひるがえして敗死するが、いずれにせよ、三国分立状況のもと、三国に分かれて仕えた諸葛一族には、いかなる状況のもとでも一族の存続を重視する中国人の知恵がうかがえ、まことに興味深い。

三国志世界には、このほか孫策・孫権兄弟、曹丕（そうひ）・曹植（そうしょく）兄弟など、特筆すべき兄弟が登場するが、すでに別のところで述べたので、そちらを参照されたい。

詩人

三国志世界の英雄、曹操は多才な人物であり、すぐれた軍事家・政治家であると同時に、一流の兵法学者にして傑出した詩人でもあった。『三国志演義』第四十八回で活写される、周瑜の率いる呉軍との「赤壁の戦い」の前夜、長江に船を浮かべ、槊を横たえて「短歌行」を作って歌う場面は、詩人曹操の片鱗を示すものである。曹操の息子、曹丕と曹植もすぐれた詩人であり、『演義』にも、後継者争いに勝利した曹丕が弟曹植に、七歩あるくうちに詩を作れ、さもなくば厳罰に処すと難題をふっかけたところ、曹植がたちまち「七歩の詩」を作った場面が見える（第七十九回）。弟をいじめる曹丕とこれをはね返す弟曹植の応酬を描くこの話は、もともと魏晋の名士のエピソード集『世説新語』文学篇に見えるものであり、『演義』はこれをさらに面白おかしく誇張して描いている。

それはさておき、曹操はそれまで作者不明の楽府（民間歌謡）として歌いつがれてきた、五言を基調とする抒情詩の分野に着目し、はじめて個人として作品を作った人物である。このため、曹操は中国文学史上、最初の詩人としての栄誉を担うことになる。時代の動きに鋭敏な曹操の炯眼は、文学のジャンルにおいてもみごとに発揮されたわけだ。こうした曹操のもとには、孔融、陳琳、王粲、徐幹、阮瑀、応瑒、劉楨ら「建安七子」と呼ばれる七人をはじめ、大勢の文人が集まって才能を競い、活気あふれる文学サロンを形づくった。

「建安七子」のうち、孔融は孔子二十世の子孫で、群雄の一人だったが、やがて曹操傘下の文人となる。しかし、プライドが高くて毒気も強く、けっきょく曹操の逆鱗にふれ殺されてしまう。陳琳は檄文の名手であり、袁紹に仕えていたころ、曹操をこてんぱんに罵倒する檄文を書いたが、袁紹の死後、曹操に降伏し、その後は曹操のために檄文を書きつづけた。いかにもしたたかな乱世の文人である。王粲は名門の出身だが、戦乱の華北を逃れ荊州の劉表に身を寄せた。劉表の死後、曹操が大軍を率いて南下したとき、劉表の後継者劉琮に降伏するよう勧め、以後、王粲自身は曹操傘下きっての文人となる。これらの人々は『演義』世界にもおりにつけ登場し、戦いを主調とする物語世界に複雑な陰影を添える。

このように一筋縄ではいかない転変の人生を送った文人たちを擁し、華やかな文学サロンを作った曹操の懐の深さには、今さらながら感嘆するほかない。ちなみに、曹操およびその傘下の文人、さらには息子の曹丕・曹植らが生み出した詩篇は、激発する乱世の感情を骨気太く歌い上げる詩風によって、後世、「建安の骨」と称され、憧憬されつづけた。

曹操の二人の息子、曹丕と曹植もまた曹操の文学サロンの重要なメンバーだった。とりわけ、曹植は一頭地を抜いた存在であり、その緊迫感あふれる五言詩の完成度の高さによって、唐代以前における最大の詩人とまで評価される。曹丕との骨肉の争いに敗北し、悲劇におおわれた後半生を送ったことが、皮肉なことに、曹植の詩的感性をますます研(と)ぎ澄まし、すぐれた作品を生み出す原動力になったともいえよう。兄の曹丕は詩人としては曹植に比べれば、やや見劣りがするものの、その緻密で合理的な資質を生かし、文学評論、文学理論の分野でめざましい

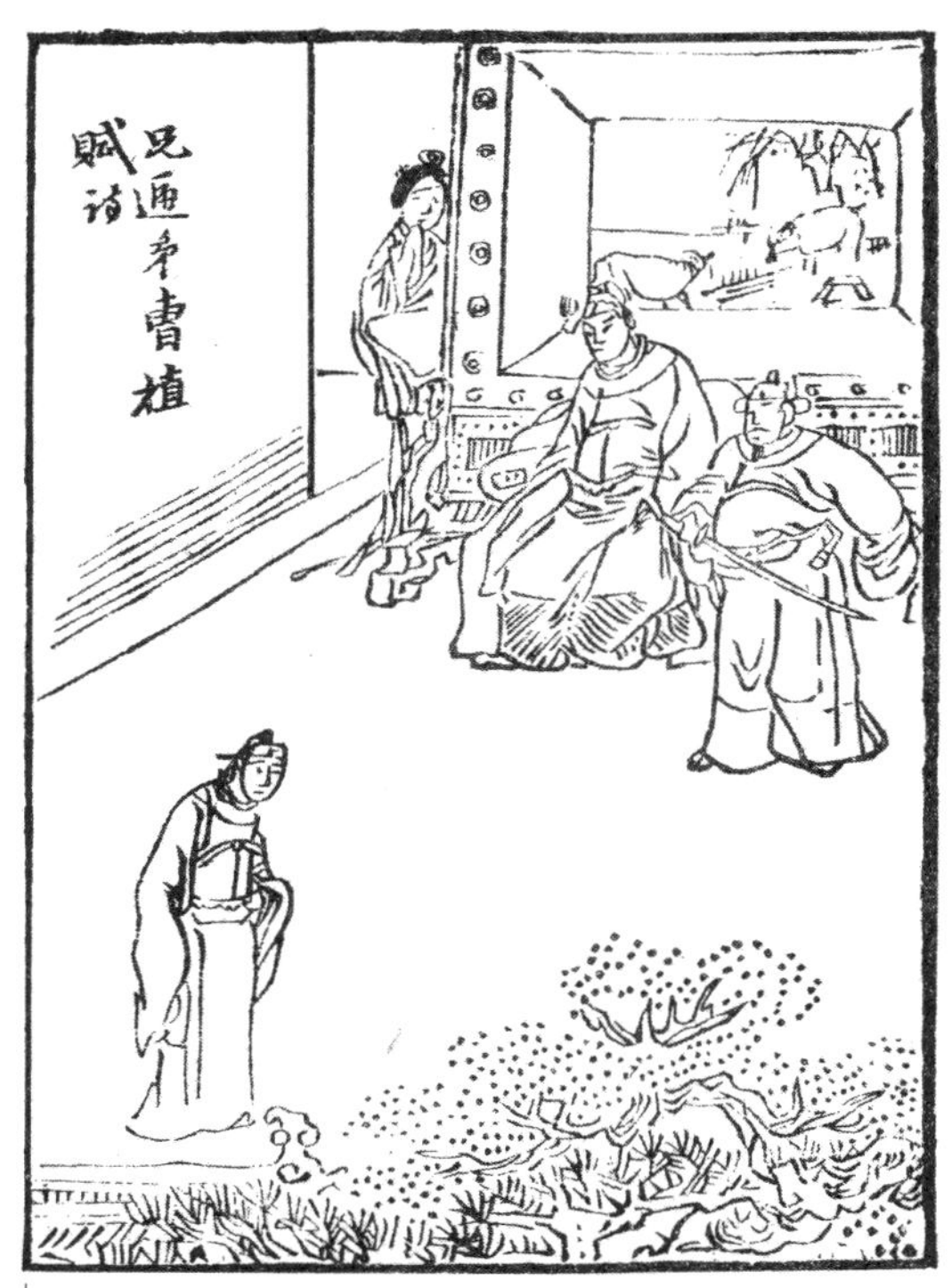

弟・曹植に難題をふっかける曹丕。
帳の陰には心配そうな母・卞太后の姿が
(『三国志演義全圖』より)

成果をあげた。

今は断片しか伝わらない、その『典論(てんろん)』は中国最古の文学理論書にほかならない。

戦いに明け暮れたかに見える三国志の乱世は、その一方で、曹操傘下の文人たちによって、新しい文学の表現形式が生みだされるなど、硬直した過去の時代から飛翔する知の舞台ともなった。乱世は世界を攪拌(かくはん)し、あらゆる価値を根底から洗いなおす季節なのである。

名手

道家思想家の一人、列子（前五世紀末〜前四世紀初）が著したとされる『列子』に、一本の細い毛髪につるしたシラミの心臓をみごと射抜いた、紀昌という弓の名手の話がある。シラミに心臓があるかどうか定かでないが、ともあれ想像を絶する腕前だったことは確かだ。三国志世界にも、この紀昌にひけをとらない弓の名手が登場する。まず呂布である。

知謀には欠けるが、武芸百般に通じた猛将の呂布はとりわけ弓が得意だった。曹操に撃破された呂布は興平二年（一九五）、徐州を支配する劉備のもとに逃げ込むが、たちまち劉備を追い出し徐州を乗っ取ってしまう。劉備主従はやむなく退却して小沛（江蘇省沛県）に陣取るが、まもなく淮南（安徽省）の袁術が大軍を派遣し、小沛に攻め寄せてくる。慌てた劉備が呂布に救援を求めたところ、呂布は袁術から大量の穀物を受け取り、協力を約束したにもかかわらず、袁術が劉備を滅ぼすのは自分にとっても得策ではないと、態度を変え、劉備を救援すべく出陣した。かくして呂布は劉備と袁術軍の大将紀霊を自らの本陣に呼び寄せ、停戦の仲裁役を買って出るが、なかなか話がまとまらない。しびれを切らした呂布は、本陣から百五十歩離れた轅門（軍営の門）の外に画戟を立て、劉備と紀霊にこう告げた。「もし私が一矢であの戟の枝刃を射当てたなら、ご両所は戦いをやめられよ。もし命中しなかったら、おのおの陣営にもどり、戦いの準備をされるがよい」（『三国志演義』第十六回）。言い終わった瞬間、発射すると、矢はみごとに画戟の枝刃に命中した。神業である。弓の名手である呂布の神業によって、劉備は窮地を脱することができた。『演義』世界において、呂布はほとんどいいところがないが、この場面は最大の見せ場にほかならない。

劉備配下の老将黄忠も弓の名手だった。黄忠はもともと長沙太守韓玄の部将であり、「赤壁の戦い」後の建安十四年（二〇九）、劉備が荊州南部の四郡（零陵、桂陽、武陵、長沙）を攻略したさい、長沙に猛攻をかけてきた関羽と三日にわたって

呂布が弓を射た瞬間。
空気を切り裂く矢音が聞こえてきそう
（『絵本通俗三国志』より）

凄まじい一騎打ちを演じた。二日目の戦いの最中、馬が躓き黄忠は落馬するが、関羽は「馬を取り換えてこい」と黄忠の命を助けてやる。かくして三日目、また も二人は戦いを交え、黄忠が負けたふりをして逃げ出すと、関羽が後を追う。黄忠は前日、関羽に命を助けてもらったことを恩にきて、いきなり矢を射るに忍びず、矢をつがえないまま弦を響かせた。関羽は矢が飛んでこないので、てっきり黄忠は弓が下手なのだと思い、安心して城門にかかる吊り橋のたもとまで追撃した。このとき、黄忠は橋の上から矢を発射し、関羽のかぶとの緒に命中させた。この名人芸に仰天した関羽は、矢を突きたてたまま本陣に立ち戻ったのだった（第五十三回）。相手の弱みにつけ込むことをよしとしない、二人の猛将の「戦場の仁義」をあらわす爽やかな話である。黄忠は韓玄が殺された後、劉備の丁重な要請を受けてその配下となり、以後、老いの花を咲かせて大活躍するに至る。

呂布と黄忠のほか、孫策の部将太史慈も弓の名手であった。彼は江東攻略を進める孫策に従って、厳白虎なる者が支配する呉郡（江蘇省蘇州市）を攻撃したさい、城壁の上からさんざん罵る敵の副将に憤激し、「見ていろ、あいつの左手を射抜いてやるから」と宣言する。

その言葉が終わらないうちに、弦の音が響いたかと思うと、太史慈はたちまち副将の左手を射抜き護梁（はり）の上に釘づけにしていた（第十五回）。

ここにあげた三人の弓の名手は、ここぞという場面でその究極の名人芸を披露し、これを目の当たりにした人々の度肝をぬき、やんやの大喝采を浴びた。これらの場面において、縦横に弓矢を操る彼らの姿には、華やかな武芸ショーの主人公の趣がある。『三国志演義』の物語世界は、時にこうして至芸をもつ名手を登場させ、読者に快く弾んだ高揚感を覚えさせる。まことに巧みな物語展開というべきであろう。

涙

三国志世界の英雄のうち、何かにつけて涙を流すのは劉備(りゅうび)である。建安十三年(二〇八)、曹操(そうそう)が大軍を率いて江南に進撃したとき、当時、新野(しんや)(湖北省新野県)にいた劉備軍団はこれを避け、ただちに南下を開始する。しかし、劉備軍団の移動とともに荊(けい)州一帯の住民が続々とつき従い、わずかの距離しか進めない。これではすぐ曹操に追いつかれると、危機感をつのらせた諸葛亮(しょかつりょう)らは、住民を見捨てて先を急ぐべきだと進言した。ところが、劉備は「私ひとりのために、人々をこんな目にあわせてしまった」と泣き叫び、「大事を行おうとする者は、必ず人間を基礎とする。今、人々は私を頼りにしているのだ。どうして見捨てられようか」(『三国志演義』第四十一回)と涙にかきくれるばかりで、頑として承知しない。そうこうするうち、曹操の精鋭部隊にたちまち追いつかれてしまうのである。

いつも泣く劉備に対し、ライバルの曹操は大胆不敵、ことあるごとに哄笑するイメージがつよい。しかし、この笑う曹操も建安二年（一九七）、弱小群雄の張繡に惨敗を喫した「宛城の戦い」で、親衛隊長の典韋が自分を守り抜き、壮絶な戦死を遂げたときには、彼のために追悼式を催し激しく慟哭した（第十六回）。ちなみに、曹操はもっとも愛した参謀郭嘉が病死したときも、「天　吾れを喪す也」と、慟哭している（第二章「参謀」の頁〈二五一ページ〉参照）。

剛直な猛将関羽も涙とは無縁な人物だが、その彼が『演義』の物語世界で悲痛な涙を流す場面がある。建安二十四年（二一九）暮、関羽は曹操軍と孫権軍に挟み撃ちされ、わずか三百余りの手勢を率いて麦城（湖北省当陽市東南）に立てこもる。やがて食糧も秣も底を尽き、関羽は救援を求めて、二百余りの手勢とともに敵の包囲網を突破し、蜀へ向かう決断をする。このとき、麦城を死守する役割を担ったのは部将の周倉と王甫である。

関羽が出撃するとき、王甫は慟哭しながら、「私は百余りの配下とともにこの城を死守します。城が落ちてもけっして降伏しません。一刻も早く君侯が救援に来てくださるのを、ひたすら待っています」（第七十七回）と言って見送り、関羽も涙を流しながら別れを告げた。しかし多勢に無勢、けっきょく関羽は生け捕りになって孫権に殺害され、その死を知った周倉と王甫は自刎して果てる。イチかバチか、悲壮な覚悟を奮いたたせて出撃する関羽、ひたすら救援を待つと誓いながら見送る周倉と王甫。このとき、彼らの流す別れの涙にはまさに無限の悲愁がこもっており、胸打たれずにはいられない。

　さらにまた、冷静な大軍師諸葛亮は蜀の建興六年（二二八）、第一次北伐において、愛弟子馬謖が軍規に背き敗北を招いたさいには容赦なく処刑した。しかし、馬謖の首を見るや、激しく慟哭しつづけ、不審を覚えた重臣の蔣琬が、馬謖は軍法どおり処罰されたのに、なぜ泣くのかとたずねる。すると諸葛亮は、先帝（劉備）が今わの際に、「馬謖は言葉が実質以上に先行するから、重用してはならない」と注意されたが、案の定、そのとおりになってしまい、「私は深く自分の不明を恥じ、また先帝のお言葉を思い出して泣いただけだ」（第九十六回）と答える。この諸葛亮の言葉および彼の流した涙には、劉備の洞察鋭い言葉をきちんと受け

複雑な思いのこもった諸葛亮の涙だからこそ、
悲しみが読者の胸に深く強く迫る
（『三国志演義全圖』より）

とめていたなら、馬謖も死なせずにすんだという自責の念、馬謖その人に対する哀惜、劉備に対する追慕等々、もろもろの複雑に屈折した思いが含まれている。なお、馬謖の処刑に関しては、第二章「軍紀」の項（一五六ページ）もあわせて参照されたい。

仁愛に満ちた劉備の涙、愛する配下の死を悼む曹操の涙、配下との今生の別れを悲しむ関羽の涙、複雑な思いのこもった諸葛亮の涙。三国志世界の英雄の流す涙は、総じて深い信頼関係に結ばれた他者のために流されたものだ。ここに真情あふれる英雄の姿をかいま見ることができる。

敬意

魏の景元四年（二六三）、魏の実力者司馬昭が派遣した軍勢の大攻勢を受けて蜀が滅亡し、その二年後、司馬昭の長男司馬炎が魏を滅ぼして即位（武帝）、西晋王朝を立てる。こうして三国のうち、蜀と魏が滅亡した後、残る呉はお家騒動に揺れながら、咸寧六年（二八〇）、西晋に滅ぼされるまで、とにもかくにも十五年にわたって命脈を保った。この最終局面において、呉の陸抗は江口（湖北省宜昌県西）、西晋の羊祜は襄陽（湖北省襄樊市）に、それぞれ荊州方面軍事責任者として駐屯し、国境を挟んで対峙した。こうして対峙するうち、彼らの間に敵味方を超えた、敬意あふれる信頼関係が成立した。

両者のうち、陸抗は、周瑜・魯粛・呂蒙についで呉の軍事総責任者となった陸遜の二男であり、母は孫策の娘という、呉きっての名門出身だった。もっとも、父の陸遜は最終的に丞相となり、国政トップの座についたものの、晩年衰えた孫権が後継争いにふりまわされた時、太子の孫和を守り立てるよう厳しく意見して入れられず、憤死した。呉の赤烏八年（二四五）のことである。この七年後、禍根を残して孫権が死去、孫亮、孫休と皇帝が交替した後を受けて（もとの太子孫和は孫権在世中に廃された）、呉の元興元年（二六四）、廃太子孫和の息子孫晧が即位する。想像を絶する暴虐天子の孫晧を戴きながら、西晋に対抗して呉が存続しえたのは、ひとえに剛直にして有能な陸抗の奮闘によるものである。

一方、西晋の羊祜は、後漢末の大学者蔡邕の外孫であり（高名な女性詩人蔡琰は叔母にあたる）、また姉は司馬師と結婚しているなど、これまた魏から西晋にかけての名門出身だった。ちなみに、羊祜の妻は、蜀に降伏した夏侯淵の二男、夏侯霸の娘であり、とかく難癖をつける者も多かったが、羊祜は頑として受けつけず、ますます妻を愛し大切にしたという。この一事をもってしても、彼がいかに勇敢で剛直な人物だったかがわかる。

こうしてそれぞれ優秀な父祖の血を引く陸抗と羊祜は、率直に相手の長所を認

孫皓自らの手で大黒柱・陸抗を更迭してから６年後（『演義』では４年後）、呉は滅んだ（『絵本通俗三国志』より）

め合い、陸抗が羊祜に酒を贈れば、毒酒かもしれないと注意する部下に対して、羊祜は「陸抗は人を毒殺するような人物ではない」（『三国志演義』第一百二十回）と断言し、壺を傾けて飲み尽した。また、羊祜が病気になった陸抗に薬を贈れば、陸抗も羊祜の薬など良薬でないにきまっているという配下を制して、「羊叔子（羊祜のあざな）は人を毒殺するような人間ではない。疑ってはならぬ」（同前）と、ためらうことなく服用するという具合だった。

こうして深い信頼関係に結ばれた二人が対峙した間、国境地帯は平穏だった。しかし、陸抗が西晋に内通しているのではないかと疑った孫晧は、やがて彼を降格・更迭してしまう。もっとも、これは『三国志演義』の話であり、『正史三国志』「陸抗伝」では、呉の鳳凰三年（二七四）、陸抗は大司馬・荊州牧の高位についたまま、任地で病没したとされる。

いずれにせよ、呉の大黒柱だった陸抗がいなくなり、呉を撃つ好機が到来したと判断した羊祜は、西晋の咸寧二年（二七六）、武帝司馬炎に呉征伐を要請する。しかし、安楽に馴れた重臣たちが反対したため、実現しなかった。この二年後、羊祜は引退して帰郷、まもなく重病にかかり、病床を見舞った武帝に、自分の後任として杜預を推薦して他界する。優秀な軍事家にして歴史家の杜預は羊祜の遺志を継ぎ、咸寧五年（二七九）、武帝に上表して呉に総攻撃をかけた。西晋軍の一斉攻撃を受けて、孫皓が降伏、約九十年にわたって江東を支配しつづけた孫氏の呉が滅亡したのは、翌咸寧六年三月のことだった。こうして魏・蜀・呉の三国はすべて滅亡し、「三国はすべて晋の皇帝司馬炎の手に帰し、天下は一つの王朝のもとに統一された」（第一百二十回）のである。

滅びゆく呉を全身全霊をあげて支えた陸抗と、そんな陸抗の気概と能力を高く評価した羊祜の敬意あふれる信頼関係は、三国志世界の終幕を飾る一服の清涼剤にほかならない。

第二章

「戦」を読む

兵糧

戦いにつぐ戦いに明け暮れた後漢末の乱世、とりわけ群雄の主戦場だった北中国では農業生産システムが崩壊して食糧危機となり、「人相い食む」極限状況もまれではなかった。こんな状況のもと、群雄の諸軍はいかにして兵糧を調達し、何を食べていたのだろうか。

曹操が後漢の献帝の後見人となった建安元年(一九六)の『三国志』「武帝紀」に付された裴松之注『魏書』に、以下のような記述が見える。

…諸軍はいっせいに蜂起したが、一年間の食糧計画さえなかった。飢えれば略奪をはたらき、腹がくちくなれば余り物を棄てる。(中略)袁紹が河北にいたとき、軍人は桑の実を主食とし、袁術が江淮の地域にいたときは、蒲とはまぐりを採って補給した。

こんな場当たり的な食糧供給体制では十分戦うことは不可能だ。そこでこの年（建安元年）、曹操は配下の棗祗（そうし）・韓浩（かんこう）らの意見により許（きょ）（河南省許昌市）付近で屯田（とんでん）制を実施し、百万石の収穫を得た。この収穫は麦類を中心としたものだったと思われる。曹操はまた屯田制を各地に広げ、兵糧の現地調達をめざした。こうして軍隊の命綱である兵糧調達をいちはやく制度化しようとしたところにも、曹操のすぐれたセンスが認められる。

もっとも建安五年（二〇〇）、袁紹との天下分け目の「官渡（かんと）の戦い」のさい、曹操は兵糧切れであわや撤退というところまで追いこまれた。これは、屯田制の拡大が戦線の拡大に追いつかなかったということであろう。曹操の危機は、袁紹の参謀許攸（きょゆう）が寝返って降伏し、その提案によって袁紹の食糧基地烏巣（うそう）を急襲したことによって解消した。これを境に浮き足だった袁紹軍は総崩れとなり、大勝利を得た曹操は華北の覇者となったのである。この時点で、袁紹の食糧基地に輸送され備蓄されていたのも麦類や雑穀だったとおぼしい。

大軍を率いた遠征で最大の難問となるのは、つねに兵糧問題である。かの蜀の名丞相諸葛亮も大国魏を向こうにまわした、六回（五回ともいう）にわたる北伐でこの問題に苦しんだ。蜀の建興十二年（二三四）、最後の北伐にのぞんだ諸葛亮は兵糧切れに泣いた過去の経験に鑑み、運搬車の「流馬」を用いてどんどん食糧を運ばせると同時に、本陣の五丈原（陝西省宝鶏市東南）に屯田を開き、長期駐留に備えた。屯田は魏の始祖曹操のお家芸だが、聡明な諸葛亮は敵の長所もしっかり研究し、自家薬籠中のものとしたのである。諸葛亮は志なかばにして五丈原で病没したが、健康であったなら屯田が威力を発揮し、魏軍の総帥司馬懿をきりきり舞いさせたことであろう。

戦いには軍隊が必要であり、軍隊には兵糧が必要である。この単純にして根本的な問題について、曹操と諸葛亮は有効な解決策を検討しつづけた。さすがに彼らはあっぱれ、三国志世界きっての英雄にほかならない。

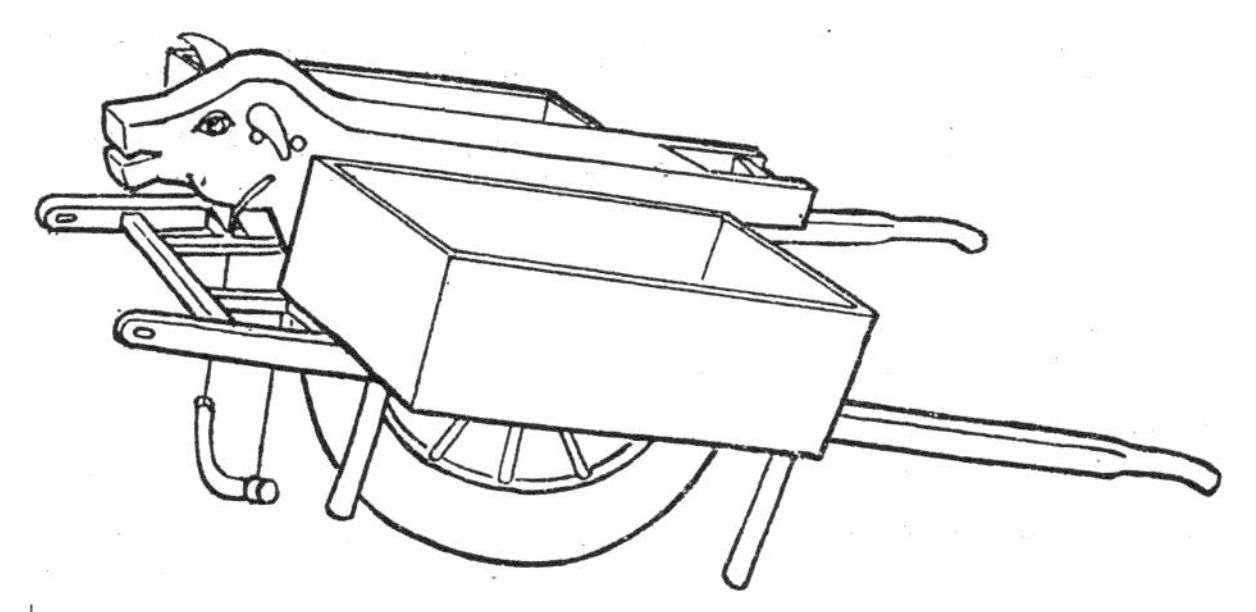

1983年『文滙報』に発表された「木牛流馬」の想像図

檄文

檄文は戦いに先立って、味方をたたえ敵を攻撃する布告文であり、古く殷周時代から用いられた。檄文の目的は、「百尺の戦車を短い文章で打ち砕き、万丈の城壁をも一本の檄文で陥落させる」（梁・劉勰著『文心雕龍』〔第二十巻〕）ところにある。つまり、文章の威力により、戦わずして敵に深刻なダメージを与えようとするものなのだ。

『文選』第四十四巻に、前漢以来のすぐれた檄文五篇が収録されているが、このうち「袁紹の為に豫州に檄す」と「呉の将校・部曲に檄する文」の二篇は、三国志世界きっての檄文の名手陳琳の作品である。陳琳は最初、後漢の外戚何進に仕えたが、何進が宦官に殺害された後は袁紹に仕え、文章の専門技術者として腕をふるった。

この時期の彼の傑作は「袁紹の為に豫州に檄す」である。これは建安五年（二〇〇）、「官渡の戦い」の直前、豫州（劉備）と諸郡の長官に向け、曹操の悪人性を徹底的にあばいたうえで、袁紹こそ頼むにたる人物だとアピールしたものだ。ここに見える陳琳の曹操攻撃は、「操は贅閹の遺醜にして、本より懿徳無し（曹操は宦官の醜悪な子孫であり、もともとすぐれた徳など持ち合わさない）」と、宦官系の出身である曹操の弱みを容赦なくあばくなど痛烈をきわめる。周知のように曹操の父曹嵩は後漢末の大宦官の養子だった。

この檄文がとどいたとき、曹操は持病の頭痛のため寝ていたが、これに目を通した瞬間、全身ぞっと総毛だち、体中からどっと汗が出て、いつのまにか頭痛が直ってしまったという。この陳琳の檄文はかなりの長文だが、『三国志演義』第二十二回に全文収録されており、曹操のエピソードも遺漏なく記されている。

しかし、陳琳の修辞技術の粋を凝らした檄文のかいもなく、袁紹は官渡の戦いに敗れ、その二年後に死去する。かくて建安九年（二〇四）、曹操はついに袁氏一族の根拠地鄴（河北省）を陥落させ、このとき陳琳も捕虜になった。檄文でこてんぱんに罵倒されたことを根にもつ曹操が陳琳を責めたところ、彼はあっさり「箭は弦上に在れば、発せざるを得ず（すでに矢は弦の上にあったのですから、放たないわけにはいかなかったのです）と言ってのけた。この思い切りのいい言葉に感心した曹操は、陳琳の罪を許し傘下の文人として受け入れた。このくだりの描写は『演義』第三十二回に見える。

以後、陳琳は曹操傘下のすぐれた七人の文人「建安七子」の一人となり、今度は曹操のためにせっせと檄文を著した。おそろしく筆はたつがなんとも変わり身の早い人物だといわざるをえない。もっとも、さすがの陳琳も曹操のために著した「呉の将校・部曲に檄する文」（前出）はいたって冗漫で迫力に欠ける。やはり曹操をふるえあがらせた「袁紹の為に豫州に檄す」が罵倒の天才陳琳の真骨頂であり、また歴代檄文の最高傑作だといえよう。

董卓討伐を呼びかける曹操の檄に参集した諸侯たち
（『絵本通俗三国志』より）

名馬

三国志世界きっての名馬といえば、まず「赤兎（せきと）」に指を屈するだろう。赤兎の最初の主（あるじ）は呂布（りょふ）である。呂布が名馬の赤兎に乗り、「人の中に呂布あり、馬の中に赤兎あり」と謳（うた）われたことは、すでに『正史三国志』「呂布伝」および裴松之（はいしょうし）注『曹瞞伝（そうまんでん）』に見える。『三国志演義』はこれに大々的な潤色を加え、中平六年（一八九）、董卓（とうたく）の乱が始まったころ、董卓の使者李粛（りしゅく）が呂布を訪れて、養父丁原（ていげん）を殺害し董卓につき従うよう説得したさい、金銀財宝とともに、一日に千里を行く天下の名馬赤兎を贈り物にしたとする（『三国志演義』第三回）。呂布は全身燃える炭のような赤毛の赤兎を見るや狂喜して、たちまち李粛の言いなりになり、以来、建安三年（一九八）曹操（そうそう）に敗れ殺害されるまで九年間、赤兎に乗りつづけた。

曹操の手中に帰した赤兎はやがて真の主とめぐりあう。建安五年（二〇〇）、関（かん）

羽が条件付きで曹操に降伏したとき、曹操は関羽を傘下に入れたいと贈り物攻めにし、赤兎も贈り与えた。まもなく関羽は曹操からの贈り物に封印し、居所の判明した劉備のもとへと旅立つが、赤兎だけは連れて行く（第二十五回～第二十六回）。以来、赤兎は建安二十四年（二一九）、関羽が孫権に捕らえられ殺害されるまで、一刻も関羽の側を離れることなく、苦楽をともにした。関羽の死後、赤兎は数日間、秣を口にせず絶命するに至る（第七十七回）。なんとも雄々しく愛おしい名馬というほかない。赤兎が『演義』世界を駆けめぐったのは、中平六年から建安二十四年までちょうど三十年だが、実は、関羽と赤兎はあの世に行ってからも、もろともにしばしば下界に出現する。関羽が『演義』世界に「顕聖（亡霊となってあらわれること）」するとき、赤兎に乗り関平と周倉を従えて出現するケースが多いのだ。まさにあの世の果てまで彼らは固い縁の糸で結ばれていたというべきであろう。

　活躍の場面が限定されているとはいえ、劉備を救った「的盧」も忘れがたい名馬である。建安十二年（二〇七）、荊州の劉表に身を寄せていた劉備は宴会に招待され、劉表の重臣に殺されそうになる。危機一髪、的盧に乗り脱出したものの、檀渓の急流に行く手をさえぎられる。このとき「的盧よ、的盧、今日こそ吾れを妨げん」と呼びかけると、的盧は身を躍らせて跳ね上がり、一躍三丈、瞬く間に対岸に跳び移って劉備を救った（第三十四回）。この話ももともと『正史三国志』「先主伝」の裴松之注『世語』に見えるものだ。ちなみに、的盧は額の白の部分が口から歯までつづく馬の総称で、乗り手に不幸をもたらす凶馬とされる。劉備は「人の生死には定めがある。馬が禍をもたらすことなどありえない」と言い、あえて的盧に乗りつづけた。この劉備の心意気が的盧を奮起させたとおぼしい。

　赤兎にせよ的盧にせよ、三国志世界の名馬はよき主と遭遇してはじめて真価を発揮する。その意味で人も馬も変わらないといえよう。

桃園結義の故地にある「三義廟」に鎮座する
赤兎馬と関羽

橋

戦場では「橋」がポイントになる場合が多い。『三国志演義』では、曹操軍と劉備軍が壮絶な戦いを繰り広げた「長坂の戦い」（『三国志演義』第四十二回）における逸話が名高い。

建安十三年（二〇八）、曹操は大軍を率いて南下し、当時、劉備が身を寄せていた荊州に攻め寄せた。劉備主従は即刻、南へ向かって避難を開始したが、軍勢のみならず、十万にものぼる荊州北部の住民がついて来たため、遅々として進まず、猛追撃してきた曹操の精鋭軍に追いつかれてしまう。たちまち曹操軍と劉備軍団は激突し、凄まじい白兵戦となる。

ここで大活躍したのは、血路を開いて劉備の幼い息子劉禅（阿斗）を救い出した趙雲と、気合の大音声で曹操軍を食い止めた張飛である。張飛はトラヒゲを逆立て、ドングリ眼をむき、蛇矛をつかんで、長坂橋の上に立ちはだかり、押し寄せた曹操の大軍に向かって、「われこそは燕人張翼徳なり。命がけで勝負をする者はおらんのか」と、三度、怒鳴りつけた。これを聞くや、曹操の将兵は足をわななかせ、曹操も恐れをなして撤退する気になり、曹操の側近の部将など、三度目の張飛の怒鳴り声を聞いた瞬間、恐怖のあまり馬から転がり落ちてしまう。曹操軍がふるえあがって撤退したあと、張飛は長坂橋を切り落として追撃を断ち、劉備一行は首尾よく落ちのびることができたのだった。

これは『演義』第四十一回に見える話だが、この場面は古くから語り物の世界でよく知られたものであり、元末に刊行された講釈師のテキスト『三国志平話』にも見える。しかも『平話』では、張飛が怒鳴ると「耳をつんざく雷鳴のようなその叫び声で、橋が真っ二つに断ち切れ、曹操軍はダダッと三十里も後退した」と、張飛の大音声の威力を『演義』より数段、誇張して表現している。怒鳴り声で橋が切れるというのだから、これは凄い。

ちなみに、清代初期の名講釈師呉天緒はこの場面を語るとき、張飛の超人的な大音声はとても真似られないと、「ただ口を大きくあけ目をみはり、手でふりをするだけで一言もいわない」という、「沈黙の芸」を披露したとされる。なかなか面白い話である。

この長坂橋のくだりが、『演義』世界の「橋」をめぐる話のハイライトだが、このほか、建安二十年（二一五）、孫権（そんけん）が曹操の江南攻略の拠点合肥（がっぴ）を攻撃したさいにも、「橋」が重要な舞台装置として用いられる（第六十七回）。このとき、孫権は合肥の守将張遼（ちょうりょう）に逆に追いつめられ、境界の「小師橋（しょうしきょう）」をわたって逃げようとしたが、橋が破壊されていたため、必死で馬に鞭打って向こう岸に飛び移ったというものである。

日本の古典芸能では、橋といえばあの世とこの世の架け橋という幽玄な趣がある。一方、『演義』の橋は、戦場で勝敗や生死を分けるポイントとしてあらわれるケースが多い。幽玄な趣など皆無だが、これまたある意味で、橋があの世とこの世の境界をなしているといえるかもしれない。

長坂橋で曹操軍を待ち受ける張飛（中国「連環画」より）

生け捕り

三国志世界の「生け捕り」にはさまざまなケースがあるが、もっともよく見られるのは、これぞと見込んだ者を傷つけないよう生け捕りにし、「心服」させて配下にする場合である。たとえば、興平元年（一九四）、曹操が許褚を生け捕りした例がそうだ。当時、許褚は数百人の一族を率いて堅固な塢（砦）を築き自衛を固めていたが、たまたま曹操軍と出くわし、猛将典韋と壮絶な一騎打ちを演じた。これを観戦した曹操は許褚の剛勇ぶりに惚れ込んで一計を案じ、彼を生け捕りにして、傘下に入るよう丁重に勧めた。許褚も意気に感じて承諾し、数百人の軍団ごと曹操に帰属した（『三国志演義』第十二回）。以来、許褚は曹操軍団きっての猛将となり、典韋亡き後、曹操の親衛隊長として大活躍するに至る。

この例は捕らえた曹操にとっても、捕らえられた許褚にとっても千載一遇、まことに幸運であったが、いつもこんなにうまくゆくとはかぎらない。建安十三年（二〇八）、「長坂の戦い」のさい、趙雲は劉備の息子劉禅（幼名は阿斗）を懐にかかえて戦場を駆けめぐり、超人的な戦いぶりを示した。これを見て感動した曹操は、剛勇無双の趙雲を生け捕りにすべく、攻撃をひかえさせたが、これが裏目に出て逃げられてしまう（第四十一回）。逃げられたといえば、生け捕りではないが、条件付きながら、いったんは降伏させた関羽にも袖にされており、曹操の生け捕り作戦の確率もそう高いとはいいがたい。

曹操をふりきった関羽も生け捕りとは縁が深い。建安二十四年、関羽が曹仁の駐屯する樊城に猛攻を加えたさい、曹操は于禁と龐徳に軍勢を指揮させ、曹仁の救援に向かわせた。于禁が曹操軍団の古株部将であるのに対し、龐徳は馬超の部将から、やむをえない事情で曹操に降伏した新参者である。しかし、当たるべからざる勢いの関羽がこの救援軍を撃破し、于禁と龐徳を生け捕りにしたとき、彼らはまったく予想外の対照的な反応を示した。于禁がひれふして命乞いをしたのに対し、龐徳は意気軒昂として関羽を罵倒しつづけ、ついに処刑されたのである

（第七十四回）。この情報を得たとき、曹操は「于禁はわしに三十年も付き従っていたのに、危機に直面するや、なんと龐徳におよばないとは思いもよらなかった」とため息をついた（第七十五回）。生け捕りという極限的な状況におかれると、人は意外な面を露呈するとしかいいようがない。于禁と龐徳を生け捕りにした関羽もけっきょく孫権に生け捕りにされ、降伏を勧める孫権に向かって「碧眼の小僧、紫髯のネズミ野郎」と罵倒のかぎりを尽くし処刑されるに至る（第七十七回）。

曹操と関羽にまつわる生け捕りのほか、太史慈を生け捕りにし降伏させた孫策、第一次北伐で、魏の天水郡の若き勇将姜維を追いつめ降伏させた諸葛亮など、三国志世界には生け捕りの例が数多く見られる。曹操と許褚、孫策と太史慈、諸葛亮と姜維のように、生け捕りがあらまほしき主従の遭遇の機会になる場合もあれば、龐徳や関羽のようにこれを機に、決然と自らの生涯の幕を下ろす場合もある。三国志世界の生け捕り劇はくっきり明暗二筋に分かれるといえそうだ。

大軍をあしらう趙雲を見つめる曹操
（『三国志演義全圖』より）

火攻め

三国志世界において、「火攻め」は「水攻め」とともによく用いられる戦法だが、よきにつけ悪しきにつけ、この戦法と縁が深いのは曹操である。曹操はまず兗州を根拠地として勢力を強めた矢先、二度にわたって敵の火攻めにあい苦汁をのまされている。最初は、興平元年（一九四）、根拠地の兗州に攻め込んだ呂布と濮陽（河南省）で激戦したときのことだ。このとき、曹操は呂布の参謀陳宮の計略に引っ掛かり、濮陽城に突入した瞬間、火攻めの猛攻にあい、猛将典韋の奮戦のおかげで辛うじて死地を脱したが、「手といわず腕といわず、鬚といわず髪といわず、ことごとく焼けただれた」（『三国志演義』第十二回）という、惨憺たるありさまだった。

二度目はその三年後の建安二年（一九七）、弱小群雄の張繡を征伐したときのことである。張繡はいったん降伏し、気のゆるんだ曹操が張繡の亡き叔父の美しい妻に惚れ込み、歓楽にふけっていたところ、今度は張繡の参謀賈詡（かく）の計略に引っ掛かり火攻めにされた。このとき、頼みの綱の典韋も張繡に酒をふるまわれて泥酔し、得物である二股の戟（ほこ）も取り上げられていた。しかし、典韋は無装備のまま死にもの狂いで陣門を死守し、おかげで曹操は命からがら脱出することができた（第十六回）。この「宛城（えんじょう）の戦い」の大敗北によって、曹操は忠実無比の典韋、および長男の曹昂（そうこう）と甥の曹安民（そうあんみん）を失うという、手痛い打撃をこうむった。ちなみに、曹操を一敗地にまみれさせた賈詡はその後、ふたたび曹操に降伏し、辣腕の参謀として活躍することになる。

　こうして曹操は濮陽の戦い、宛城の戦いと、たてつづけに火攻めではさんざんな目にあったものの、建安五年（二〇〇）、袁紹（えんしょう）との天下分け目の「官渡（かんと）の戦い」においては、一転して火攻めにより勝機をつかんだ。袁紹に愛想をつかして投降してきた許攸（きょゆう）の助言に従って、袁紹軍の食糧・軍需基地の烏巣（うそう）を奇襲し、猛烈な火攻めをかけたのである。これを境に、圧倒的優勢にあった袁紹の大軍は浮き足だち、ついに雪崩を打って敗走するに至る。

この官渡の戦いによって、火攻めにはどうも分の悪い曹操の弱点も克服されたかに見えたが、その後、もう一度、火攻めによって木端微塵に撃破される羽目になる。建安十三年（二〇八）冬の「赤壁の戦い」である。官渡の戦いの後、数年がかりで袁紹の残存勢力を滅ぼし、北中国を制覇した曹操は天下統一をめざし、大軍を率いて南下、「長坂の戦い」で劉備軍団を蹴散らしてまず荊州を支配下におさめる。ついで孫権の支配する江東に狙いを定め、長江を攻め下ったとき、孫権側は激烈な路線闘争のあげく、諸葛亮の働きかけもあって、周瑜や魯粛の主戦派が降伏派を抑え、曹操との全面対決に踏み切った。

かくて周瑜の率いる総勢二万の呉軍が赤壁において、水・陸あわせ公称百万の曹操の大軍勢と対決することになるのだが、なにぶん多勢に無勢、総司令官の周瑜は曹操を切り崩すべく、あらんかぎりの知恵をしぼる。すなわち曹操の使者として降伏勧告に訪れた旧友の蔣幹を利用して虚偽の情報を流し、曹操の水軍の指揮をとる荊州出身の蔡瑁らが内通しているかに見せかけて、これを真にうけた曹

曹操は濮陽で呂布と戦い、火攻めにあう
(『三国志演義全圖』より)

操に処刑させたり、曹操の大陣営に火攻めをかけるべく、老将黄蓋（こうがい）と心を合わせて、彼を滅多打ちにする「苦肉（くにく）の計」や、後に劉備の軍師となる龐統（ほうとう）を派遣して進言させ、船団を数珠つなぎにする「連環（れんかん）の計」を実行したりしたのである。曹操は頭の回る奸雄らしくもなく、この苦肉の計と連環の計に引っ掛かって、黄蓋の降伏の申し出を信用し、また龐統の言いなりに船団も数珠つなぎにしてしまう。

周瑜はこのように前段階の情報操作や偽装工作に成功したものの、曹操軍を火攻めにかけるには、東南の風が不可欠だった。周知のごとく、諸葛亮が魔術師の面目躍如、この季節はずれの東南風を吹き起こしてくれたために（第四十九回）、お膳立てがすべて整う。この結果、降伏を装った黄蓋が発火装置を仕込んだ戦艦群を率い、曹操の水軍基地に突っ込んだかと思うと、数珠つなぎになった曹操船団の船が燃え上がり、たちまち東南の風に煽られて岸辺に燃え移って、陸軍基地もあっというまに火の海となる。公称百万の曹操軍がわずか二万の周瑜軍に殲滅され、曹操の天下統一の野望が砕け散った瞬間だった。

曹操は概して火攻めにもろく、とりわけ先の宛城の戦いやこの赤壁の戦いのように圧倒的優勢にあるとき、火攻めの奇襲戦法にあうと、たちまち浮き足だつ傾向がある。周瑜が一世一代の知謀をふるった赤壁の戦いは、曹操すら騙された巧妙な計略とその弱点を痛撃した火攻め戦法によって、奇跡的大勝利をおさめることができたといえよう。もっとも、決定的瞬間に無防備さを露呈し、弱点をつかれて慌てふためき、大敗北を喫してしまうところに、乱世の奸雄ならぬ英雄曹操の振幅の大きな魅力があることも確かだけれども。

水攻め

「水攻め」も「火攻め」と同様、ここぞという時に用いられると、絶妙の効果を発揮する重要な戦法である。曹操（そうそう）はこの水攻めによって強敵を打倒し、北中国を制覇する端緒をつかんだ。曹操はまず呂布（りょふ）をこの水攻め作戦によって、滅ぼすことに成功する。曹操と呂布の戦いはけっきょく四年の長きにわたった。まず興平（こうへい）元年（一九四）、呂布が隙をついて曹操の根拠地兗（えん）州に攻め込み、最初は当たるべからざる勢いだったものの、激戦のあげく、翌年、曹操に撃退される。行き場を失った呂布は、徐州を支配する劉備（りゅうび）のもとに逃げ込むが、またたくまに劉備を追い払い徐州を乗っ取ってしまう。曹操は身を寄せてきた劉備主従を受け入れ、手を組んで呂布攻撃に向かうが、なかなか決着がつかない。建安三年（一九八）、曹操は郭嘉（かくか）と荀彧（じゅんいく）の進言によって、沂（き）水と泗（し）水の流れを決壊させ、呂布の立てこもる下邳城に水攻めをかけた。個人的武勇は抜群だが、知謀に欠ける呂布は水浸しの城内でなすすべもなく自棄的な日々を送ったあげく、配下に生け捕りにされ、曹操に処刑されるに至る（『三国志演義』第十九回）。こうして獰猛な呂布を滅ぼしたことによって、曹操は心おきなく最大のライバル袁紹との決戦に臨む態勢を整えることができたのだった。

　建安五年（二〇〇）、曹操は「官渡の戦い」に大勝利を遂げ、袁紹を敗走させたが、根拠地の冀州に逃げ帰った袁紹の勢力にはまだまだ侮りがたいものがあった。曹操が本格的に冀州ひいては北中国の制覇に乗り出したのは、建安七年、袁紹が病死した後である。袁紹の死後、長男の袁譚と兄をさしおいて後継の座についた弟袁尚の対立が激化し、深刻なお家騒動がおこる。曹操はこのお家騒動を巧妙に利用し、袁譚兄弟の仲を決定的に分断したうえで、建安九年、袁尚が出撃している隙をつき、漳河の水を引き込んで冀州城に水攻めをかけ、ついに陥落させた。曹操が袁氏一族の本拠地を手中におさめ、名実ともに華北の覇者となりえたのは、まさにこの水攻め作戦の成果である。ちなみに、冀州城陥落にさいし、まっさきに入城した曹操の息子曹丕が袁紹の二男袁熙の妻だった甄氏を見染め、曹操に願い出て妻とするというドラマティックな事件もあった（第三十三回）。

敵の火攻め作戦に翻弄され失敗を重ねた曹操も、水攻め作戦ではこうして連続的に鮮やかな成功をおさめたが、その後、逆に水攻めをかけられ、手痛い目にあったケースもないわけではない。これは史実ではなく、『三国志演義』のフィクションではあるが、建安十三年（二〇八）、北中国を制覇した曹操は大軍を率いて南下し、まず劉備主従が駐屯する荊州の新野に猛攻をかけたが、このとき諸葛亮の水攻め作戦によってさんざんな目にあった。

『演義』第四十回によれば、曹操軍団きっての猛将曹仁と曹洪が十万の軍勢を率いて前軍となり、新野城に攻め寄せたとき、城内はもぬけのからだった。曹仁は劉備主従が住民を連れて逃亡したものと思い、全軍を入城させ休息させたところ、三方の城門から火の手があがり、たちまち城内全体が火の海と化した。慌てた曹仁は将兵を率いて唯一、炎上していない東門から脱出し、ようやく白河の畔にたどりついた。曹仁軍の将兵がほっと一息ついた瞬間、上流から凄まじい勢いで水

呂布の立てこもる下邳城に水攻めをかける曹操
（『三国志演義全圖』より）

が押し寄せ、たちまち人も馬も溺れて、おびただしい死傷者が出た。この新野城の焼き打ちから白河の氾濫まで、すべて諸葛亮の計略によるものであり、白河をせきとめ、曹仁軍が集結したところで一気に氾濫させたのは、諸葛亮の指示をうけた関羽(かんう)である。曹仁はこうして諸葛亮の火攻めと水攻めのダブルパンチをうけながら、血路を開いて逃げ切ったのだから、さすが剛の者というほかない。

ちなみに、曹仁と関羽は因縁のライバルであり、この十一年後の建安二十四年、もう一度対決している。この年、荊州の根拠地から北上した関羽は曹仁の駐屯する樊(はん)城を包囲して猛攻を加えた。しかし、粘り強い曹仁はおりしも長雨で氾濫した漢水で水浸しになった城内に立てこもりつづけ、曹操は曹仁を救援すべく、于(う)禁(きん)と龐徳(ほうとく)を派遣した。これを迎え撃った関羽は河口に陣をしいた于禁らの軍勢に水攻めをかけ、こっぱみじんに撃破したのだった。曹操軍団の古参部将だった于禁がもろくも関羽に降伏し、馬超(ばちょう)の部将から曹操配下の部将に転身してまもない龐徳が降伏を拒否して処刑され、この意外な展開に曹操が呆然としたのは、このときのことである。もっとも、関羽の颯爽たる見せ場はここまでであり、以後、その勢いはしだいに失われ、ついに敗死に至る。

北中国を制覇した曹操のすべてを飲み込むような迫力あふれる水攻めから、悲劇的結末を前にした関羽の一種、底知れない暗さを帯びた水攻めに至るまで、三国志世界の水攻め作戦は見てのとおり、さまざまなドラマを織り込みながら展開されているのである。

軍師

「軍師」には、リーダーに深く信頼されたうえで、軍事面はむろんのこと、政治や外交も含んだ全体的かつ根本的な戦略を立て、これを実行する人物というイメージがある。三国志世界において、こうした軍師としてまず想起されるのは、諸葛亮（しょかつりょう）である。

諸葛亮は建安十二年（二〇七。『三国志演義』では建安十三年）、劉備（りゅうび）の「三顧（さんこ）の礼」を受けて対面するや、「天下三分の計」を披歴し、劉備が今後取るべき全体的かつ根本的な戦略を指し示した。感服した劉備は以後、諸葛亮を信頼しきって、ほぼ全面的に判断をゆだね、孫権（そんけん）との同盟、赤壁（せきへき）の戦い、孫権との荊（けい）州争奪戦をへて、蜀攻略から蜀王朝の樹立へと、数々の修羅場を乗りきってゆく。寸土ももたない流浪の英雄劉備をとにもかくにも皇帝にまで押し上げたのは、まさに大軍師諸葛亮の比類ない知力によるものである。

諸葛亮は文武両道、文官としての鋭敏な政治センスと、戦いの力学を読み取る軍事センスを合わせもっていた。『三国志演義』では、軍師諸葛亮が関羽(かんう)、張飛(ちょうひ)をはじめ劉備軍団の猛将を統率・指揮して、鮮やかな勝利をおさめる場面がしばしば描かれる。建安十三年、曹操は大軍を率いて南下するに先立ち、夏侯惇(かこうとん)に十万の軍勢を与え劉備軍団の駐屯する新野(しんや)に猛攻をかけさせた。このとき、劉備から全権を委任された諸葛亮は奇襲戦法を用いてみごとにこれを撃退し、関羽や張飛を心服させた（第三十九回）。この「博望坡(はくぼうは)の戦い」を嚆矢(こうし)とし、『演義』には、諸葛亮が戦いの現場で采配をふるい、猛将を手足のごとく動かす場面が枚挙に暇(いとま)がないほど見られる。『演義』のフィクションもむろんあるけれども、これは、軍事面にも卓越した軍師諸葛亮の姿を誇張して描いたものといえよう。文武両面にわたり、諸葛亮がかくも縦横無尽に腕をふるうことができたのは、いうまでもなく劉備の絶対的信頼があればこそだった。

一方、曹操の最高の軍師といえば、まずは荀彧(じゅんいく)ということになる。しかし、荀彧は、曹操が出陣するさいには、その留守を預かるのが主たる役割であり、戦いの現場には出ないのが常である。たとえば、建安五年（二〇〇）の「官渡（かんと）の戦い」においても、荀彧は曹操の根拠地である許（きょ）に留まっており、曹操が手紙をよこして撤退したいと弱音を吐いたとき、「今こそ奇策を用いる時機であり、断じて逸してなりません」（第三十回）と発破（はっぱ）をかける役割を演じている。つまるところ、荀彧はあくまではるか後方で全体的な見取り図を描く文官であり、戦いの現場ではリーダーの曹操自身が采配をふるう軍師の役割を兼ねていることになる。しかも、曹操は劉備とちがい、何事もすべてみずから判断するタイプのリーダーであり、後年、荀彧との関係が悪化したのも、必然のなりゆきだったといえよう。

呉の孫権の最高の軍師はやはり周瑜（しゅうゆ）である。周瑜は諸葛亮と同様、文武両道、孫権政権の基本戦略を立てると同時に、赤壁の戦いがものがたるように、軍事センスには天才的なものがあった。しかも、周瑜は孫権の兄孫策の盟友であり、孫権も一目置かざるをえなかった。しかし、周瑜は不幸にして若死したため、壮大なプログラムの実現に向けて軍師として存分に活躍する時間がなかった。

戦場に出ず、常に根拠地で留守をあずかった荀彧
(『三国志演義全圖』より)

こうして見ると、三国志世界において大軍師であるためには、文武両面の卓越したセンスを有し、リーダーの全面的信頼もしくは敬意が不可欠だということになるであろう。

参謀

「参謀」には、全体的かつ根本的な戦略を立てる「軍師」と異なり、戦況に応じて軍事的戦略や作戦を立て、リーダーに提案する人物というイメージがつよい。この意味で、有能な参謀に恵まれたのは曹操である。曹操の周囲には荀攸、程昱、郭嘉、賈詡など、名参謀がキラ星のごとく存在したが、なかでも曹操がもっとも愛し信頼したのは郭嘉だった。

郭嘉は建安元年（一九六）ごろ、荀彧の推薦で曹操に仕えるようになった。彼が参謀として活躍した時期は、建安五年の「官渡の戦い」から、建安十二年、曹操が北中国を制覇するまでの数年である。曹操の北方征伐は厳しい自然条件のもとで続行されたが、この間、郭嘉は常に曹操とともにあった。最終局面で、追いつめられた袁紹の息子、袁尚と袁熙がはるか北の果て、烏桓（烏丸）族の支配区域に逃げ込み、曹操が追撃しようとしたとき、諸将はみな反対した。しかし、郭嘉だけは追撃すべきだと賛成し、意をつよくした曹操は大遠征を敢行して烏桓族を撃破、袁氏一族を絶滅させて、北中国を完全制覇した。もっとも、郭嘉自身は病気でこの遠征に参加できず、途中の易州（河北省）で療養していたが、曹操が凱旋する数日前に絶命した。易州に帰還した曹操は、「奉孝（郭嘉のあざな）死せり、乃ち天　吾れを喪す也」（『三国志演義』第三十三回）と、慟哭したのだった。

　曹操には、切れ者の知識人を警戒する傾向があったが、郭嘉だけは別格だった。彼を失った曹操の喪失感は深く、建安十三年、「赤壁の戦い」に敗れ落ちのびたときも、「もし奉孝が生きていれば、けっしてわしにこんな大失敗をさせることはなかっただろう」（第五十回）と嘆き悲しみ、程昱ら参謀たちを恥じ入らせた。郭嘉は傍若無人な人柄で、物議をかもすことも多かった。そんな無防備で飾り気のないところも曹操好みだったのであろう。

　一方、曹操の凄腕の参謀、賈詡は陰のない開放的な郭嘉とは対照的な存在である。賈詡は董卓の部将李傕・郭汜の参謀から、群雄の一人張繡の参謀に転身し、

曹操に「反間の計」をさずける賈詡
（横山光輝著・愛蔵版『三国志』16巻より）

建安四年（一九九）、張繡を曹操に降伏させた後、曹操の参謀となった。したたかな流転の謀士である。賈詡は、頭は切れるが陰険なところがあり、建安十六年、曹操が馬超に苦戦したとき、馬超の同盟者である韓遂に伏字だらけの手紙を送りつけ、馬超と韓遂の間を引き裂く計略を立てた。単純な馬超はたちまちこの計略にひっかかって、曹操と内通しているのではないかと韓遂を疑い、敗北への道をひた走ることとなる（第五十九回）。賈詡の心理作戦が的中したわけだが、なんとも陰惨で後味のわるい話である。

『正史三国志』「賈詡伝」によれば、彼は参謀としては辣腕をふるったが、転身を重ねた自らの経歴を意識し、私生活では疑惑をもたれないよう、注意に注意を重ねて身を慎んだという。この結果、彼が後押しした曹丕が即位した後、三公（最高位の三人の大臣）の一人、太尉となり、功成り名遂げて七十七歳で往生したのだから、お見事というほかない。

三国志世界には、呂布の参謀陳宮、劉備の蜀攻略に多大の貢献をした法正等々、異色の参謀が数多く登場するが、今あげた曹操の参謀である郭嘉と賈詡にまさる存在はないと思われる。参謀の能力は、彼らの立てる作戦や計略が的確であれば、瞬時に採用するリーダーのもとでこそ、存分に発揮されるものである。陽の郭嘉と陰の賈詡という二人の対照的な名参謀を使いこなした曹操は、やはり稀有（けう）のリーダーだったというべきであろう。

軍紀

三国志世界において、とりわけ「軍紀（軍隊の規則）」を重視したことで知られるのは、曹操と諸葛亮である。もともと彼らは思想的には、法律や刑罰を重んじる「法家」に属しており、軍紀のみならず、法令に違反する者は容赦せず、厳しく処罰することを旨とした。

たとえば、曹操は若いころ洛陽北部尉となり、首都洛陽北部の治安を担当したとき、夜間通行禁止令に違反した者はすべて役所に常備した五色棒で打ち殺すのを常とし、霊帝の寵愛する宦官の叔父さえ大目に見ず、即刻、打ち殺して、洛陽の住民をふるえあがらせたという有名な話がある（『正史三国志』「武帝紀」裴注に引く『曹瞞伝』）。したがって、「軍紀」についてもシビアであったのはいうまでもないが、『三国志演義』第十七回に、軍紀厳守が鉄則であることを、自軍の将兵に見せつける場面がある。

建安三年（一九八）、群雄の一人、張繡の征伐に向かったとき、ちょうど麦の熟する季節だったため、曹操は軍勢の通過する村々に対し、自軍のなかに麦を踏み荒らす者がいれば、すべて斬首に処すと、布令を出した。村人は感激して曹操軍を歓迎するが、なんと曹操の馬が麦畑に飛び込み、麦を踏み荒らすという事故がおこる。このとき曹操は、軍紀は守らねばならないと自ら首を跳ねようとするが、配下に制止され、やむなく首の代わりに髪を切って、罪に服するポーズを示す。なんとも演技力満点のパフォーマンスだが、これによって曹操軍の将兵は恐れおののき、以後、軍紀に違反する者はいなくなったとされる。

諸葛亮は蜀王朝成立後、厳格な法治主義を断行して、政権基盤を確立するなど、まことに有能な行政家だが、軍事家としても情に流されない厳しさの持ち主であった。蜀の建興六年（二二八）、第一次北伐は、諸葛亮の愛弟子馬謖が軍令に背き作戦ミスをおかしたため、敗北に終わった。このとき、諸葛亮は馬謖に「おまえが軍の掟を破ったのだから、私を怨んではならない」（『三国志演義』第九十六回）と告げ、あとのことは心配するなと言い聞かせると、涙ながらに処刑した。「泣いて馬謖を斬る」である。老練な劉備は、諸葛亮が才子の馬謖を過大に評価することに懸念をおぼえ、臨終のまぎわに、「馬謖は言葉が実質を超えているゆえ、重用してはならない」と、諸葛亮に注意した。にもかかわらず、諸葛亮は馬謖を重用し失敗したのだが、情に溺れず、きっちりけじめをつけたのは、さすがというべきであろう。

さらにまた、建興九年の第四次（第五次ともいう）北伐のさい、戦況は有利に展開していたにもかかわらず、軍資輸送の総責任者である李厳（りげん）が調達に手間取ったうえ、それをごまかそうと偽りの情報を流したため、諸葛亮の率いる蜀軍は総退却する羽目になった。帰還後、諸葛亮は軍紀に違反した李厳を処刑しようとした。しかし、重臣の蔣琬（しょうえん）が李厳の功績に鑑み、助命を嘆願したため、最終的には官位剝奪、庶人とすることで一件落着する（第一百一回）。このあと、李厳は鬱々とした日々を過ごしたが、三年後の建興十二年、諸葛亮が死去すると、復活の望みが断たれたと絶望し、まもなく死んだとされる。諸葛亮の厳罰主義が、けっして理

命令に背いて大敗を招いた馬謖を、
軍紀に則って涙ながらに処刑する諸葛亮
(『新全相三国志平話』より)

上図右部分（拡大）

上図左部分（拡大）

不尽なものではなく、罰せられた者を納得させる道理にもとづいたものであることをうかがわせる話である。

曹操も諸葛亮も、力と力が激突する乱世のまっただなかにありながら、つねに法律や規則を重んじる冷徹さを保ちつづけた。彼らには組織を作りあげていくための合理性があり、そのずばぬけた「システム感覚」が並みの英雄と截然（せつぜん）と区別されるところだといえよう。

地図

古代中国において、地図が重要な道具として用いられた話といえば、まず、戦国時代末期、燕の太子丹に要請され、秦の始皇帝（当時は秦王政）の暗殺をはかった刺客荊軻のエピソードがあげられる。秦の宮殿で始皇帝と会見した荊軻が、献上品の巻物状になった地図を開いて匕首を取り出し、始皇帝を襲撃したというものである。

三国志世界において、地図はそのように危険を含んだ道具として用いられるケースはなく、地理的情報を具体的に伝えるものとして活用される。たとえば、建安十二年（二〇七。『三国志演義』では建安十三年）、劉備が三度目の訪問でようやく諸葛亮と対面したとき、諸葛亮は地図を指し示しつつ、自説の「天下三分の計」を披歴する（『三国志演義』第三十八回）。このとき、諸葛亮が劉備に見せた地図は「西川五十四州図」、すなわち益州（蜀）地域の地図であり、益州の五十四県（州は誤り）が書き込まれていた。この地図を示しつつ、諸葛亮は「まず荆州を略取して根拠地とし、ひきつづいて西川を略取して基礎を固め、鼎の足（天下三分）の形勢を作ってから、中原を攻められるべきです」と言い、地図を見ながら、この言葉を聞いた劉備は、瞬時に自らの将来構想を把握し、「いっきょに胸のモヤモヤが晴れた」と感激する。視覚的イメージに訴えかける地図の威力である。

劉備は地図と縁が深く、この四年後、今度は蜀の詳細な地図を手に入れた。建安十六年（二一一）、蜀の支配者劉璋は、隣接する漢中に依拠する張魯の攻勢に恐慌をきたし、弁の立つ配下の張松を曹操のもとに派遣し救援を求めようとした。しかし、曹操は生意気で風采の上がらない張松を嫌い、すげなく追い返したため、頭にきた張松はその足で荆州の劉備のもとに向かう。劉備に手厚くもてなされ感動した張松は、軟弱な劉璋に愛想が尽きていたこともあり、劉備こそ蜀を支配すべき人物だと確信して、蜀攻略を勧め、自筆の蜀の詳細な地図を献上する（第六十回）。蜀へもどった張松は友人の法正らと相談し、劉璋を説得して張魯討伐の

三度目の訪問となった劉備を廬で地図を手にして待ち受ける諸葛亮（『新全相三国志平話』より）

上図右部分（拡大）

上図左部分（拡大）

名目で、劉備を蜀へ迎え入れる手筈をととのえ、劉備もこれに応じて蜀へ向かうこととなる。この地図の話は、『正史三国志』「先主伝」の裴注に引く『呉書』に、劉備が張松らに会ったとき、彼らは地面に蜀の地図を画き、地形を説明したという記述が見える。『演義』の作者はこの記述をもとに、大いに虚構を膨らませたものと思われる。

さて、『演義』にはもう一つ、諸葛亮絡みの地図の話がある。蜀の建興三年（二二五）、諸葛亮は、南方異民族のリーダー孟獲と手を結び、反乱を起こした南中の諸郡を征伐するために、大々的に軍勢を動かし南征（南中征伐）を敢行した。難なく諸郡を平定し、さらに南方の奥地に進軍しようとしたとき、反乱の渦中にありながら、あくまでも蜀王朝に忠実だった永昌郡の役人、呂凱が自ら作成した南方の詳細な絵図、「平蛮指掌図」を献呈し、諸葛亮を大いに喜ばせた。かくて、諸葛亮はこの呂凱を郷導官（道案内）に任じ、大軍を率いて孟獲の支配する南方の奥地へと向かったのだった（第八十七回）。

地図は未知の土地へ向かう者にさまざまな情報を提供してくれるものである。

三国志世界においても、地図は遠征する軍勢にとって不可欠なものだったに相違ない。『三国志演義』に散見する奇抜な「地図の物語」は、そんな「歴史的現実」をはるかに踏まえて形づくられたといえよう。

クーデタ

中平六年（一八九）、後漢王朝の外戚、何進（霊帝の後継者である少帝の生母、何后の兄）は司隷校尉の袁紹と結託して、後漢宮廷に巣くう宦官を一掃すべく、クーデタを計画した。しかし、あえなく失敗、逆に宦官に殺されてしまう。この直後、何進の要請に応じ、大軍を率いて出動していた獰猛な武将董卓が、一気に首都洛陽を制圧して恐怖政治を断行、後漢王朝は実質的に滅亡してしまう。これを機に、時代は群雄割拠の乱世へと突入する。何進のクーデタ失敗こそ三国志の乱世を招来する直接の引き金となったのである。

何進のクーデタ計画に反対だった曹操は、董卓が実権を掌握すると、洛陽を脱出して帰郷、資金を集めて挙兵し、群雄の一人となった。曹操が群雄のなかでひときわ目立つ存在になったのは、荀彧らの意見に従い、建安元年（一九六）、すでに名のみの皇帝であった後漢の献帝（少帝の異母弟）を自らの根拠地許に迎え、その後見人になったことによる。しかし、曹操の権力が強まるにともない、脅威をおぼえた献帝およびその周囲の者は危機感をつのらせ、なんとか劣勢をはねかえそうと、二度にわたってクーデタを計画した。

一回目のクーデタは建安四年（一九九）から五年にかけ、献帝のいわゆる「衣帯の詔」に応じ、外戚の董承（献帝の祖母董太后の甥）を中心として計画された。これは、西涼の軍閥馬騰さらには劉備まで巻き込む、なかなか大がかりなものだったが、事前に事が漏れ失敗におわった（『三国志演義』第二十回、第二十一回）。二度目のクーデタは、これから十五年後の建安十九年、献帝の妻である伏后およびその父伏完の主導で計画されたが、これまた事前に漏洩し、曹操によってあっけなく押しつぶされてしまう。この結果、伏后は殺害され、伏氏一族は皆殺しにされるのである（第六十六回）。

曹操をめぐるクーデタ計画は、とても成功の見込みのないお粗末なものだったが、ここに用意周到、粘りに粘って起死回生のクーデタを計画し、みごとに成功した例がある。諸葛亮のライバル、司馬懿のクーデタ計画である。司馬懿は魏王朝きっての重臣として、黄初七年(二二六)、初代皇帝文帝の遺命を受けて第二代皇帝明帝の輔佐役となり、景初三年(二三九)、さらに明帝の遺命を受けてその後継者である斉王芳の輔佐役となった。しかし、同時に斉王芳の輔佐役となった曹氏一族の曹爽(かつて司馬懿の上役だった曹真の息子)に煙たがられて排斥され、手も足も出なくなってしまう。こうして約十年、司馬懿は会話もままならぬ老人のふりをするなど、ひたすら隠忍自重して、曹爽一派を欺きとおしたあげく、嘉平元年(二四九)、曹爽らが郊外に出かけた隙をついて、一気にクーデタを成功させる。かくして、またたくまに洛陽を制圧した司馬懿は、曹爽一派を一網打尽にし抹殺してしまうのである(第一百六回)。時に司馬懿七十一歳。

戦いの現場で鍛えた老練な読みの深さを以て、坊ちゃん育ちの軽薄才子曹爽を一蹴した、この執念の巻き返しによって、司馬懿は魏王朝の主導権をにぎる実力者となった。以後、長男の司馬師、二男の司馬昭、孫(司馬昭の長男)の司馬炎と三代四人がかりで、手段のかぎりを尽くして曹氏の魏王朝を簒奪し、司馬氏の西

董承が帝からたまわった「玉帯」を怪しむ曹操
（横山光輝著・愛蔵版『三国志』8巻より）

晋王朝を成立させるに至る。

こうして見ると、三国志の分裂と動乱の季節は、何進のクーデタ失敗によって開幕し、司馬懿のクーデタ成功によって、終幕へのステップに入ったともいえる。何進の失敗から司馬懿の成功まで、ちょうど六十年。時の轆轤(ろくろ)はまわりつづけているのである。

奇策

三国志世界において、「奇策」すなわち意表をつく奇抜な作戦により、敵の裏をかいて奇襲をかけ、こっぱみじんに粉砕して大勝利を得た例はしばしばみられる。建安五年（二〇〇）、袁紹との天下分け目の「官渡の戦い」において、圧倒的劣勢にあった曹操が起死回生の大逆転を成し遂げたのは、その代表的なものである。

袁紹との対戦が長引いて食糧不足に陥ったとき、曹操のもとに袁紹の参謀許攸が投降してくる。許攸の情報によれば、袁紹の食糧基地烏巣（河南省原陽県東北）の守備が手薄であり、ここを急襲すれば、袁紹に致命的打撃を与えられるとのこと。即座に許攸の意見を受け入れる決断をした曹操は、自ら五千の軍勢を率い、「袁紹軍の旗印を立て、兵士はみな枯草を抱え、人は枚（声をたてないために口にくわえる木片）をくわえ、馬は口をしばって」（『三国志演義』第三十回）、敵に動静を悟られないよう細心の注意をはらいつつ、烏巣に到達し、一気に焼き打ちをかけた。こうして曹操は烏巣守備部隊を壊滅させたのみならず、救援に駆けつけた袁紹の本隊をも撃破したため、袁紹軍は総崩れとなる。奇策による奇襲作戦の鮮やかな成功にほかならない。ちなみに、このとき、袁紹に愛想をつかした張郃も降伏し、以後、曹操軍団の猛将の一人となる。

これから十七年後の建安二十二年（二一七）、蜀を制覇した劉備は当時、曹操の支配下にあった漢中（陝西省）に張飛と馬超をさし向け、漢中に駐屯する張郃と夏侯淵を攻撃させた。激怒した曹操がすぐさま曹洪に五万の軍勢を率い張郃らを救援させたところ、張郃は曹洪に向かって張飛を撃破するのが先決だと主張し、張飛との対決を買って出た。ところが、張飛は、酒を飲んで無防備なふりをしたり、偽装撤退をしたりと、さまざまな作戦によって張郃を翻弄したあげく、瓦口関（陝西省渠県東）に立てこもる張郃軍を思い切った奇策によって撃破し敗走させた。山かげの小道づたいに避難する住民に目をとめ、彼らからその道を行けば瓦

瓦口関での張飛のたてた計略は、
彼だからこそ奇策として効果が大きかった!?
(『三国志演義全圖』より)

口関の真裏に出られることを知らされるや、ただちに軍勢を率いこの裏道をたどって瓦口関に向かい、裏手から急襲したのである（第七十回）。力にものをいわせるだけでなく、かくも巧妙な奇策を思いつくとは、蜀攻略後、張飛も成長著しいといわざるをえない。

これから四十六年後（二六三）、蜀滅亡の直接の引き金になったのも、蜀攻撃の指揮を担った魏の将軍鄧艾（とうがい）の奇策である。蜀攻略のもう一人の指揮者鍾会（しょうかい）との矛盾が激化した鄧艾は、何とか先手を打つべく、二千の軍勢を率いて、陰平（いんぺい）の険しい裏道を乗り越えた。それは、鄧艾自身「武器を投げ下ろすと、毛氈（もうせん）で自分の身体を包み、先んじて谷を転がり下った」（第一百十七回）という、まさに言語を絶する難行苦行の連続だった。この命がけの奇策により、意表をつくスピードで成都間近に出現した鄧艾の軍勢は、蜀王朝の君臣に深甚な衝撃を与え、その滅亡を早めたのだった。

奇策はイチかバチかの瀬戸際に用いられ、うまく図にあたれば、まさしく一点突破、全面展開。戦局をがらりと転換させうる、まことに小気味のよい戦術である。しかし、一歩まちがうと、これほど大きなリスクを伴う危険な戦術もない。それが成功するか否かは、文字どおり「時の運」である。ここにあげたのは、時の運に乗った人々が、「虎穴(こけつ)に入らずんば虎子(こじ)を得ず」と危険な賭けに身を投じ、僥倖(ぎょうこう)に恵まれた例にほかならない。

間者・諜報

食うか食われるか、戦いに明け暮れる三国志世界においては、間者すなわちスパイの暗躍による諜報活動は、ほとんど日常茶飯事といっても過言ではない。スパイずれした三国志世界においては、スパイを逆利用し敵の裏をかく巧妙な戦術もまま見受けられる。

建安十三年（二〇八）、「赤壁の戦い」において、呉軍のリーダー周瑜はこの戦術を駆使し、圧倒的優勢にあった曹操の死命を制した。前哨戦で敗れた曹操が、周瑜と幼馴染みの幕僚蔣幹を派遣し動静を探らせたところ、周瑜は蔣幹を利用して一芝居打つ。まず歓迎の宴会を開き、泥酔して眠りこけたふりをし、曹操軍のメンバー、蔡瑁と張允からきた手紙を、わざと蔣幹に読ませた。彼らが周瑜と内通していることを示すこの手紙は、むろん周瑜の捏造したニセ手紙である。おめでたい蔣幹はこれを盗みだし、大急ぎで取って返して曹操に報告すると、曹操は激怒し蔡瑁と張允を斬殺してしまう。事が終わった瞬間、曹操ははたと気づき、「罠にはまったわい」と悔やむが、後の祭りだった（『三国志演義』第四十五回）。間者役の蔣幹を操り、曹操に一泡ふかせた周瑜の勝ちである。ちなみに、荊州で降伏した蔡瑁らは曹操水軍の要（かなめ）であり、彼らを失ったことは曹操にとって大きな痛手となった。

頭にきた曹操はついで蔡瑁の族弟の蔡中（さいちゅう）と蔡和（さいか）を周瑜に偽装降伏させるが、周瑜はこの二人を利用してデマ情報を流すという手に出る。迫真の「苦肉の計」により、周瑜が老将黄蓋（こうがい）を打ちのめし、その情報が二人の間者を通じて曹操に届いたところを見計らい、黄蓋が曹操に降伏したいと密書を送りつけたのである（第四十六回）。この仕掛けは絶妙の効果を発揮し、疑り深い曹操もつい真に受けてしまう。こうして黄蓋の偽装降伏は図に当たり、火攻めをかけられた曹操の大軍は瞬く間に壊滅した。またしても周瑜の勝ちである。

このように赤壁の戦いでは、周瑜は間者を巧みに逆利用して曹操を翻弄し、劣勢をひっくりかえした。一方、老獪な曹操はどうしたわけか、この諜報合戦では周瑜にやられっぱなし、焼きがまわったとしか言いようのない体たらくだった。もっとも、『正史三国志』には黄蓋の偽装降伏の記述が見えるだけで、ほかの話は『演義』の虚構である。

このほか、間者を使ってデマ情報を流し、敵を攪乱した例としては、司馬懿を失脚させた諸葛亮の計略があげられる。黄初七年（二二六）、明帝曹叡の即位直後、有能な司馬懿の台頭を警戒した諸葛亮は間者を使い、司馬懿の名を騙って告示文を貼り出させた。それは、明帝を追い落とし、明帝の父、文帝曹丕のライバル曹植を新皇帝とするよう呼びかけるものだった。荒唐無稽な話だが、明帝はこれに引っ掛かり、司馬懿を罷免し帰郷させた（第九十一回）。もっとも、これは一時的な措置であり、二年たらずで司馬懿は復活したのだが。

司馬懿退場劇を演出した諸葛亮自身もまた、間者の流すデマ情報にはめられそうになったことがある。蜀の建興八年（二三〇）、諸葛亮は漢中に出撃した魏軍と対戦し、戦況は有利に展開していたにもかかわらず、突然、劉禅の命によって成

「赤壁の戦い」を前に曹操と周瑜が激しい諜報戦を展開。その仕上げが「苦肉の計」だった
（『新全相三国志平話』より）

上図右部分（拡大）

上図左部分（拡大）

都に呼び戻された。職務怠慢のかどで諸葛亮に処罰された都尉の苟安が、ひそかに魏に降伏し、司馬懿の意を受けて「諸葛亮は早晩、必ず簒奪するだろう」などと、劉禅に近い宦官らにデマを飛ばしたのである（第一百一回）。成都に帰還した諸葛亮が劉禅と会い、事実無根のデマ情報であることはすぐに判明したが、これで有利に展開していた戦いは頓挫してしまった。先には司馬懿、今度は諸葛亮が、いずれも相手の間者を使った情報戦で足を引っ張られたのだから、相討ちというべきであろう。もっとも、この二例ともこれまた『演義』の虚構の話である。

こうしてみると、間者・諜報作戦では、赤壁における周瑜のそれが、ずばぬけて高度なものであることは一目瞭然だ。周瑜の作戦には間者や諜報に関わる話の陰惨さがなく、壮絶な知の戦いの趣がある。死にもの狂いで活路を求める者が知恵の限りを尽くすとき、間者・諜報作戦も小汚い陰謀の域を突き抜け、爽やかな明るさを帯びるということだろうか。

一騎打ち

『三国志演義』の物語世界において、読者に血沸き肉躍る高揚感を覚えさせるのは、いずれ劣らぬ猛将が、あらん限りの力を尽くして激突する「一騎打ち」の場面である。

なかでも、興平（こうへい）元年（一九四）、剛勇無双の典韋（てんい）と許褚（きょちょ）が展開した一騎打ちは壮絶きわまりない。当時、典韋は一兵卒から抜擢されて曹操（そうそう）の身辺警護をするようになったばかりであり、許褚は一族数百人から成る軍団を率い自衛・自立していた。たまたま曹操軍が黄巾の残党と出くわし蹴散らしたとき、許褚がとつじょ現れて、逃げる黄巾軍の行く手に立ちはだかり、自分の砦に全員追い込んでしまう。兵員補強のためにやったことだが、追いついた典韋が引き渡すよう要求したことから口論となり、ついに一騎打ちとなる。かくて、辰（たつ）の刻（こく）（午前八時）から小休止をはさんで夕方まで、丁々発止と七、八時間も渡りあうが、勝負がつかない。これを見て許褚の腕前に感心した曹操は翌日、典韋に負けたふりをさせ、追撃してきた許褚を落とし穴に転落させて、生け捕りにした。そのうえで、礼を尽くして降伏を勧めたところ、許褚は快く応じ、数百人の軍団を引き連れ曹操の傘下に入った（『三国志演義』第十二回）。三年後の建安二年（一九七）、「宛城の戦い」で典韋が曹操を守って凄絶な戦死を遂げた後、この許褚が親衛隊長となり、典韋の分まで大活躍するのである。

建安十六年、曹操は反旗を翻した西涼の猛将馬超を討伐するが、当初、馬超の抵抗は激烈をきわめ、押しまくられる一方だった。このとき、かの許褚と馬超が凄まじい一騎打ちを展開する。二人はまず二百合以上、戦うが勝負がつかない。逆上した許褚は、「鎧かぶとを脱ぎ捨て、筋骨隆々、真っ裸になって刀をひっさげ、ひらりと馬に飛び乗って」決戦を挑み、馬超の突きだした鎗の柄をへしおってしまう。かくて、「二人はそれぞれ鎗柄を半分ずつ手にして、めちゃくちゃに殴り合った」（第五十九回）のだった。許褚と馬超は三国志世界きっての猛将だが、

壮絶な一騎打ちの場面。
典韋（右）と互角にわたりあうのは許褚
（横山光輝著・愛蔵版『三国志』5巻より）

彼らが無心に力の限りを尽くして激闘するさまは爽快そのものだ。ちなみに、この一騎打ちを機に、許褚は「虎侯」あるいは「虎痴」と呼ばれるようになる。

馬超は曹操の参謀賈詡の策略にひっかかって、同盟者の韓遂と決裂したのが致命傷となり、曹操軍に大敗を喫したあげく、漢中を支配する五斗米道の教祖、張魯のもとに逃げ込む羽目となる。建安十九年、劉備の蜀攻略が最終段階に入ったころ、脅威を覚えた張魯は蜀の支配者劉璋を救援すべく、馬超を出撃させた。たちまち馬超は劉備側の軍事拠点の一つ葭萌関（四川省広元県西南）に猛攻をかけ、慌てた劉備と諸葛亮は張飛を出陣させる。張飛が大声で「燕人張飛を知らんのか」と呼ばわると、馬超が「わが一門先祖代々、公侯の家柄だ。田舎者の下郎など知るものか」（第六十五回）と一蹴したのを皮切りに、いきりたつ張飛と闘志満々の馬超は白熱の一騎打ちを展開するが、これまたいくら戦っても勝負がつかない。このようすを見た劉備は、さすが「錦の馬超」と言われるだけのことはあると、その雄姿にいたく感動し、諸葛亮の計略によって馬超を傘下に収めることに成功する。こうして馬超を得たことにより、勢いを増した劉備は劉璋を降伏させ蜀の支配者となった。

ここにあげた典韋と許褚、許褚と馬超、馬超と張飛の一騎打ちは、さまざまな状況のなかでなされたものである。しかし、一騎打ちにのぞんだ当事者たちは何も顧慮（こりょ）せず、ひたすら戦闘意欲を燃え上がらせ、自分と匹敵する力を持つ者とはげしく戦いつづける。彼らの姿は、戦う三国志世界のダイナミズムを象徴するものであり、「活劇的な感動」を覚えさせる（なお、孫策と太史慈（たいしじ）の名高い一騎打ちについては、第一章「度量」の頁〈七七ページ〉を参照）。

武器

『三国志演義』の物語世界において、猛将たちにはトレードマークとなる武器がある。なかでも、ことに強烈な印象を与えるのは関羽と張飛の得物である。

黄巾の乱の渦中でめぐりあった劉備ら三人が義兄弟の契りを結び、オンボロ軍団を結成したさい、おりよく二人の旅の商人が彼らに良馬・金銀五百両・武器にするための鑌鉄を提供してくれた。そこで、腕利きの刀鍛冶に劉備は両刀の剣、関羽は重さ八十二斤の「青龍偃月刀」、張飛は長さ一丈八尺の「点鋼矛」を作らせた。なお、青龍偃月刀は長い柄のついた大刀であり、点鋼矛は焼きを入れて精錬した鉄製のホコである。

最初に、劉備ら三人がこれらの武器を手に大活躍したのは、初平元年（一九〇）、諸侯連合軍が虎牢関に陣取る董卓軍を攻撃したときだった。このとき、当たるを幸いなぎ倒す董卓の猛将呂布を、青龍偃月刀を舞わせる関羽、点鋼矛を突きだす張飛、両刀で切り込む劉備の三人が包囲し、追いつめたのである（『演義』第五回）。けっきょく呂布は囲みを破って逃げのびたが、劉備ら三人の息の合った戦いぶりが鮮烈な印象を与える名場面にほかならない。ちなみに、このときの呂布の武器は愛用の画戟（えだ刃のついたホコ）だった。

これ以後、リーダーの劉備が両刀を使う場面はほとんど見られないが、関羽は青龍偃月刀、張飛は点鋼矛を手にあまたの戦場を駆けめぐり、修羅場をくぐりぬけることになる。

たとえば、関羽は建安五年（二〇〇）、やむなく曹操に降伏したものの、劉備の居所が判明するや、青龍偃月刀をふりかざして、曹操側の五つの関所を破り、六人の守将を斬り捨てて、劉備のもとへ駆けもどり、その十九年後、荊州で呉軍と魏軍に挟み撃ちにされ、非業の最期を遂げるまで、この愛用の武器とともに戦いつづけた。のみならず、その死後も、愛馬の赤兎馬にまたがり、青龍偃月刀をひっさげて、しばしば顕聖（亡霊として姿をあらわすこと）する。まさに、あの世の果てまで青龍偃月刀とともに、である。

張飛の武器の点鋼矛が凄まじい威力を発揮したのは、建安十三年、曹操（そうそう）の大軍が荊州に南下し、逃げに逃げた劉備主従が当陽の長坂で曹操軍に追いつかれたときである。このとき、張飛は長坂橋の上でただ一騎、点鋼矛をかまえ馬を立てて、「われこそは燕人張飛なり、命がけで勝負する者はおらんのか」（『演義』第四十二回）と大声で威嚇し、曹操軍の将兵をふるえあがらせた。点鋼矛をかまえた張飛の爆発的なエネルギー全開の場面である。

関羽、張飛につぐ劉備軍団の猛将趙雲（ちょううん）の主要な武器は鎗だった。建安二十四年、曹操軍と劉備軍の漢中争奪戦のさなか、劉備軍団の老将黄忠（こうちゅう）が十重二十重に包囲されたさい、趙雲は鎗をかまえて包囲網に突入し、みごと黄忠を救いだした。そのときの趙雲の姿を『演義』第七十一回は、「その鎗が全身をめぐって（キラキラと）上下するさまは、梨の花が舞うようであり、体のまわりにヒラヒラと雪がひるがえるようであった」と描いている。これは、『三国志演義』の無数の戦闘場面のなかで、もっとも美しいものである。

涿県楼桑村の三義廟に鎮座する
青龍偃月刀を持った関羽（右）と
蛇矛を持った張飛（左）

こうしてみると、関羽の青龍偃月刀、張飛の点鋼矛、趙雲の鎗と、ユニークな個性をもつ猛将たちの武器は、その人物の固有のイメージをみごとに象徴するものだといえよう。

第二章

「社会」を読む

玉璽

天子の証である印璽「伝国の玉璽」は秦の始皇帝が取得し、前漢へ伝わったとされる。王莽が前漢を滅ぼすにさきだち、玉璽を奪い取ろうとしたとき、渡すことを拒んだ元太后がこれを地面に投げつけたため、角が欠けた。この角の欠けた玉璽は王莽の新王朝滅亡後、後漢に伝わるが、これが三国志世界において、なかなか複雑微妙な動きを見せる。

『正史三国志』「孫堅伝」に付された裴松之注『呉書』によれば、後漢末、董卓の乱の渦中で、玉璽を手中に収めたのは呉の孫策・孫権の父孫堅だったという。初平二年（一九一）、董卓は首都洛陽に火を放ち、長安へ強制遷都した。この直後、董卓討伐諸侯連合軍の他のメンバーを尻目に、洛陽に一番乗りした孫堅はあばかれた陵墓の修復をするうち、城南の井戸から伝国の玉璽を胸に抱いた若い女官の死体を引き上げた。玉璽を手に入れた孫堅は討伐連合軍のリーダー袁紹の追及の手をふりきり、即刻、軍勢をまとめて撤退したのだった。この説を紹介しながら、孫堅びいきの裴松之は、忠烈な孫堅が玉璽を隠匿するような、卑怯なまねをするはずがないと弁護している。しかし、この事件後まもなく、孫堅が不慮の死を遂げたあと、くだんの玉璽はどうやら長男の孫策に伝えられたとおぼしい。

孫策はしばらく父と因縁の深い袁術のもとに身を寄せるが、興平二年（一九五）、袁術から千余の軍勢を借り受けて、寿春（袁術の根拠地。安徽省）から進軍し江東制覇に乗り出す。このとき、孫策は父譲りの玉璽をカタにして、袁術から軍勢を借りたもようだ。玉璽を手に入れて頭に血が上った袁術は、勝手に皇帝を名乗るなど愚行の限りを尽くしたあげく、進退きわまり、袁紹に皇帝の称号を贈るとの条件で、袁紹の長男袁譚の根拠地青州（山東省）に向かう途中、急死した。こうした袁術の一連の動きは、やはり彼が天子の証である伝国の玉璽を所持していたことを暗示するものといえよう。

『正史三国志』「武帝紀」の裴松之注に引く『献帝起居注』によれば、袁術の死後、徐璆なる者が玉璽を手に入れ後漢朝廷に届けたという。これは玉璽が後漢朝廷の実力者曹操の手に渡ったことを意味する。ちなみに、『三国志演義』第二十一回では、この話に尾ひれをつけ、徐璆が袁術の一族郎党を皆殺しにして、奪い取った玉璽を曹操に献上したとしている。

曹操の手に入った伝国の玉璽は、曹氏の魏王朝から司馬氏の西晋へと伝わり、西晋滅亡後、行方不明となったが、その後、東晋の謝尚が北方異民族国家前秦との戦いの渦中で偶然、取得したとされる（『晋書』謝尚伝）。かくて、玉璽は南朝の漢民族王朝に代々受け継がれ、中国全土を統一した隋さらには唐へと伝えられたが、その後、杳として行方がわからなくなった。こうして古代から中世へと流転を重ねた「伝国の玉璽伝説」には、まことに興趣深いものがあるといえよう。

横山「三国志」の玉璽は、
紐（ちゅう＝つまみ）の形が龍
（横山光輝著・愛蔵版『三国志』5巻より）

酒

三国志世界で酒といえば、まっさきに想起されるのは曹操の長詩「短歌行」である。建安十三年（二〇八）の「赤壁の戦い」において、曹操は周瑜の率いる呉軍との決戦の前夜、長江に船を浮かべて酒宴を催し、即興詩「短歌行」を作って、戦闘意欲をかきたてた。

全三十二句から成るこの詩の冒頭六句は、「酒に対いて当に歌うべし、人生幾何ぞ。譬えば朝露の如し、去る日は苦だ多し。慨して当に以て慷すべし、憂思忘れ難し。何を以て憂いを解かん、唯だ杜康有るのみ（酒を前にして歌おう、人生は短いのだ。たとえば朝露のようなもの、みるみる時は過ぎてゆく。気持ちを高ぶらせ心をふるいたたせよ、憂鬱は払いがたい。何によって憂いを晴らそう、ただ酒あるのみ）」と歌う。

こうして豪快に酒を酌みかわし必勝を期したにもかかわらず、曹操は惨敗した。

実は、この赤壁の戦い前後が曹操の大きな転換点だった。このころから、彼は大らかさを失い、赤壁の戦いの直前、江南攻略に反対した孔子二十世の子孫孔融を処刑したのを皮切りに、批判的知識人を排除しはじめるのである。ちなみに、孔融も酒好きであり、「座敷はいつも客であふれ、樽のなかにはいつも酒がある。それが私の理想だ」と言っていたとされる。

　酒好きな点では、知識人より武将のほうがはるかに上回っていたのはいうまでもない。とりわけ酒にまつわるエピソードが多いのは、劉備の義弟張飛である。抑制のきかないタイプの張飛は建安元年（一九六）、劉備と関羽の出撃中、根拠地徐州城の守備をまかされ、禁酒を誓っていたにもかかわらず、泥酔した隙に居候の呂布に攻めこまれ城を乗っ取られてしまう。これに懲りたのか、その後、酒の上の大失敗はなくなったかに見えたが、やはり最終局面で酒のために躓く。蜀の章武元年（二二一）、孫権に殺された関羽の報復戦に向かう直前、深酒をして眠りこみ、恨みをもつ部下によって暗殺されてしまうのである。

　張飛はけっきょく酒のためにあっけなく身を滅ぼす羽目になるが、これにひきかえ関羽と酒の関わりはまことに颯爽感がある。なかでも熱く燗した酒が冷めないうちに董卓(とうたく)軍の猛将華雄(かゆう)の首を斬り取ってきた場面（『三国志演義』第五回）は、酒を素材として関羽のめりはりのきいた勇姿をあますところなく活写したものといえよう。

この数例以外にも三国志世界には酒に関わる話が枚挙に暇(いとま)がないほどある。では、当時の酒はいかなるものだったのだろうか。

前漢には一斛(こく)（約二〇リットル）の米で三斛の酒を作ったためアルコール濃度は低かったが、後漢以降、一斛の米で一斛の酒を作るようになり、濃度も高まり品質もかなり向上したというのが通説である。

原料も米のほか黍(きび)、甘藷(かんしょ)、葡萄(ぶどう)など種々雑多なものが用いられたようだ。しかし、向上したとはいえ、現代とは味も濃度も雲泥の差、張飛が泥酔するには一樽以上必要だったのではなかろうか。

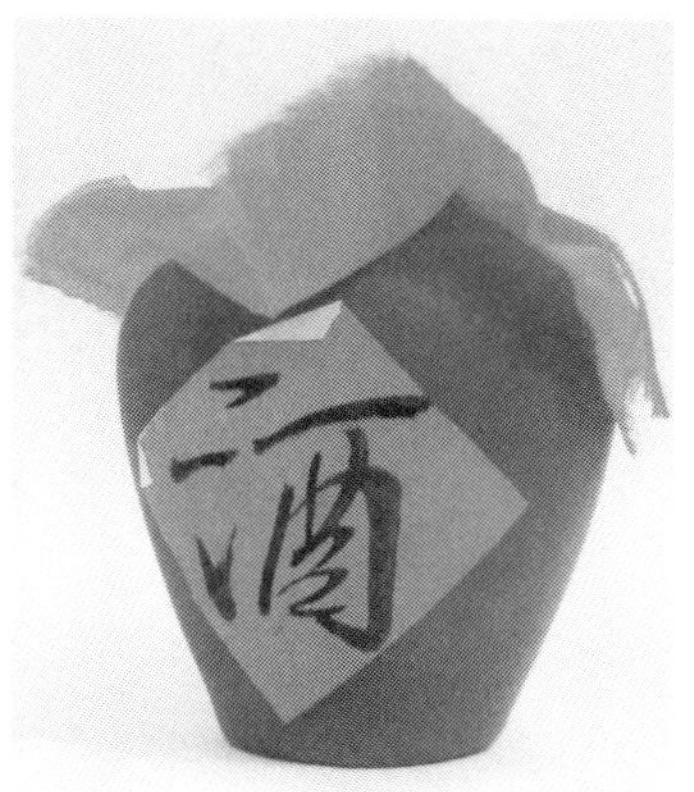

『三国志』の物語の中で
酒は重要なアイテム

中国で販売されている
「三國」という名の酒。
ラベルに諸葛亮の姿が

手紙

三国志世界には手紙にまつわる印象的な話が多い。まずあげられるのは、建安五年（二〇〇）、袁紹との「官渡の戦い」に勝利した曹操のケースである。袁紹の撤退後、その本陣に入った曹操は自らの根拠地許の者や自軍の者が、袁紹に送った手紙をすべて没収した。しかし彼は「袁紹が強力なときはわしでさえ身を保つことはできなかったのだから、まして他の者はなおそうだったにちがいない」と言い、差し出し人を追及せず手紙をすべて焼却した。二股かけて身の安全をはかろうとする者を大目に見た曹操の態度は、いかにも上り坂の英雄の自信と度量にあふれ爽快そのものだ。なお、この話は『三国志』「武帝紀」および裴松之注『魏氏春秋』に見え、『三国志演義』第三十回にもほぼそのまま見える。

官渡の戦いではこれほど爽快だった曹操もその十一年後、西涼の猛将馬超との戦いのさいには、手紙絡みで陰湿な術策を弄している。曹操は馬超と同盟者韓遂の間を引き裂くべく、わざと消したり書き改めたりした手紙を韓遂に送り、いかにも韓遂が手を入れたように見せかけて馬超の疑惑を煽ったのである。この話は「武帝紀」に見え、『演義』では第五十九回に見えるが、手紙の改竄については、『演義』では辣腕の謀士賈詡の計略だとする。いずれにせよ手紙を道具に人の心理を攪乱する、はなはだ後味のわるいやりかたである。

劉備に諸葛亮を推薦した徐庶も手紙を道具とする陰謀に翻弄された人物だった。知恵者の徐庶が劉備の参謀になったとき、彼を劉備から引き離すべく、曹操の参謀程昱が徐庶の母の筆跡を真似た偽手紙を送りつけた。これを真にうけた徐庶は劉備に「老母を失ってこの一寸四方（胸、心臓）は混乱しております」と別れを告げた。この話は『三国志』「諸葛亮伝」に見えるが、偽手紙の一件は『演義』の創作である（第三十六回）。こうして見ると、官渡のケースを除いて、曹操側の手紙の話はどうも陰湿な謀略の気配がつよい。

これにひきかえ、馬超をめぐり諸葛亮が関羽に送った手紙はユーモア感覚たっぷり、たいへん面白いものだ。馬超が劉備の傘下に入ると、ライバル意識を燃やした関羽は諸葛亮に手紙を送り、馬超は誰に匹敵する人物かとたずねた。関羽の負けず嫌いを知る諸葛亮は「益徳（張飛）と先を争う人物というべきだが、やはり髯どの（関羽）の比類なき傑出ぶりには及ばない」と返事を出した。これを見て喜んだ関羽は手紙を見せびらかして自慢したというから、なんとも無邪気な話である（『三国志』関羽伝、『三国志演義』第六十五回）。

「三国志」世界には手紙絡みの話が多々あるが、これらの手紙はおそらく紙に書かれたものではない。書写材料としての紙は後漢の蔡倫が実用化したものだが、流布するのはもっと後代であり、後漢末から三国時代にはまだ手紙も布や木簡に記されていたとおぼしい。そう思って見ると、ここにあげた手紙のイメージもぐっと変わってくるのである。

手紙を読む袁紹（中国「連環画」より）

名医

三国志世界で名医といえばまず華佗である。華佗はあざなを元化といい、二世紀後半から三世紀初めの後漢末に活躍した実在の名医であり、陳寿の『正史三国志』「方技伝」に伝記がある。華佗は患者の容態が服薬や鍼灸などの処置で救えないほど悪化している場合、積極的に外科手術をおこなった。患者に麻沸散という麻酔薬を飲ませたあと、執刀して患部を切り取り、縫合してあぶら薬をつけマッサージすると、数日で痛みは消え一か月で本復したというから、神業というほかない。

しかし、皮肉なことに卓越した医術が仇になり、彼は命を落とす羽目になった。華佗は三国志世界の英雄曹操と同郷（沛国譙、現在の安徽省亳県）であり、腕前を買われて頭痛もちの曹操の侍医になったが、待遇に不満を抱き勝手に帰郷したため、曹操の逆鱗にふれ殺害された。その後、曹操は頭痛の発作がおこるたび、華佗がいたらと悔やんだという。このように正史の伝記によれば、華佗が曹操の侍医だったことは確かなのだが、このほか三国志世界の主要人物と関わりをもった形跡はない。

しかし、『三国志演義』では華佗の活動範囲は格段に広がる。華佗が『演義』世界に初登場するのは、建安元年（一九六）、江東制覇をめざす孫策が王朗・厳白虎と激戦したさいである。激戦の渦中、孫策の弟孫権の護衛役周泰が身に十二か所もの刀傷を負い瀕死の状態になったとき、華佗が登場、薬を投与すると一か月で完治したというものだ（第十五回）。

さらに印象的なのは関羽との絡みである。建安二十四年（二一九）、関羽は曹操の猛将曹仁と交戦中、肘に毒矢が当たり危険な状態になる。このとき、華佗が出現し、肘を切開して骨に付着した毒を削り落とす大手術をおこなった。関羽は激痛をともなう大手術に平然と耐え、華佗に「将軍は天神だ」と称えられたとされる（第七十五回）。

その後まもなく関羽は敗死し、曹操のもとに首が送られてくる。これを見たあと、曹操は頭痛がひどくなり、華佗に診察させると、華佗は頭部を切開して病根を摘出する必要があるという。猜疑心のつよい曹操は、これを口実に関羽と親しい華佗が自分を殺そうとしているのだと思いこみ、とうとう彼を獄中死させてしまう（第七十八回）。

というふうに、劉備（りゅうび）や関羽を善玉に、曹操を悪玉・敵役に位置づける『演義』では、名医華佗の役割にも関羽との絡みがもりこまれるなど、念入りに虚構の操作が加えられ、巧みに作りかえられてゆくのである。こうして華佗の名声は時代の経過とともにますます高まり名医の代名詞となってゆく。ちなみに、正史の伝記から見ても華佗が外科手術を得意としたことは明らかなのだが、なにしろ彼は今から約二千年も前の人である。とすれば、華佗こそ実在した世界最初の外科医といっても過言ではなかろう。

関羽の肘に手術をおこなう華佗
（『絵本通俗三国志』より）

怨霊

『三国志演義』の世界でもっとも霊力がつよく、死後も怨霊となってしばしば登場するのは関羽である。建安二十四年（二一九）冬、関羽は樊に立てこもる曹操の猛将曹仁を攻撃中、曹操と手を組んだ孫権の軍師呂蒙の計にひっかかって敗北、けっきょく孫権に捕縛され、「碧眼の小僧、紫髯のネズミ野郎」と孫権を罵倒しつつ殺害された。

　死の直後、関羽はまず荊州の玉泉山で庵を結ぶ旧知の普静和尚のもとに、「わしの首を返してくれ」と叫びながら、「顕聖（亡霊として姿をあらわすこと）」する。その姿は生前さながら、赤兎馬にまたがって青龍刀をひっさげ、左に養子の関平、右に忠実無比の臣下周倉を従えていた。このとき、関羽の亡霊は普静和尚に説得されて悟りを開き、以後、霊験をあらわして住民を加護したため、住民は廟を作って祭ったとされる。

こうして無辜（むこ）の住民には慈愛あふれる関羽の霊も、敵対関係にあった者に対しては一転して猛威をふるい、恐るべき怨霊となって祟（たた）りつづける。彼の怨霊はまず自分を追いつめた呂蒙にとりつく。孫権が戦勝祝賀会を催し、呂蒙の功績を称えて酒をついだ瞬間、関羽の霊が呂蒙に乗りうつり、声を荒げて「碧眼の小僧、紫髯のネズミ野郎」と罵（のの）しったかと思うと、呂蒙は全身から血を流して息絶えてしまうのである。なんとも凄まじい怨念である。

また、何かと因縁の深かった曹操に対しても、関羽の怨霊は容赦なく襲いかかる。曹操が孫権から送られてきた関羽の首と対面したとき、「雲長どの、一別以来、お変わりはないか」と呼びかけるや、関羽の口が開き目が動き、髪も髯（ひげ）もすべて逆立ったため、曹操はショックで気絶してしまう。以後、毎晩、曹操は関羽の亡霊に悩まされ、ついに死に至るのだから、その猛威のほどが知れようというものだ。

以上の例はすべて関羽の死後まもない時期のものだが（『三国志演義』第七十七〜

七十八回)、その後も関羽の怨霊はここぞというときに出現し、標的を恐怖のどん底に陥れる。たとえば劉備が関羽の報復を期して呉に攻めこんださい、関羽の二男関興は父の敗死のきっかけを作った孫権の部将潘璋と出くわす。このとき逃げる潘璋の行く手に関羽の怨霊が立ちはだかり、これに助けられて関興は潘璋をしとめることができたのだった(第八十三回)。

祟るのみならず、関羽の亡霊は単独で(第七十七回)、あるいはやはり非業の死を遂げた弟分の張飛とともに(第八十五回)、劉備のもとに出現し、みずからの心中を切々と訴えかける。よきにつけあしきにつけ、強烈な霊性を放つ『演義』世界の神秘的な関羽像は、長きにわたる民間伝承を踏まえたものである。歴史的にも南宋以降、関羽の神格化はエスカレートする一方、軍神として国家的祭祀を受けるに至る。『演義』の強烈な怨霊としての関羽像は民間伝承を踏まえ、また彼を畏怖する時代の趨勢をうけつつ、これを物語の文法に応じて誇張したり極端化したりしながら、形づくられたといえよう。

韓国・ソウル市内にある関帝廟内の関羽像。
廟は豊臣秀吉軍撃退の功績で建てられた

遺言

三国志世界の英雄には鮮烈な遺言をのこした者が多い。その筆頭にあげられるのは劉備である。蜀の章武二年（二二二）、劉備は義弟関羽を殺した孫権に復讐すべく呉に攻め込んだものの、大敗を喫し白帝城（四川省）に逃げ込む。回復不能のダメージをうけた劉備はしだいに衰弱し、翌年ついに死去する。死を目前にした劉備は諸葛亮に「君の才能は曹丕の十倍はあり、きっと国家を安んじ、最後には大事業を成し遂げることができよう。もしも後継ぎ（劉禅を指す）が輔佐するに足る人物ならば、これを輔佐してやってほしい。もしも才能がないならば、君がみずから成都の主になるがよい」（『三国志演義』第八十五回）と思い切った遺言をする。

劉備には終始一貫、煮え切らない曖昧なイメージがあるが、この遺言にはさすが乱世の英雄だと思わせる、度胸の据わった凄みがあらわれている。凡庸な人間にはいかに相手が信頼する人物でも、臨終の間際に「もしも私の後継ぎに才能がないなら、君がこの国を取ればよい」という大胆なセリフは、とても吐けないものである。

こうして劉備に全権を委任された諸葛亮は以後、頼りない後継者の劉禅を誠心誠意、輔佐する一方、粘り強く北伐を続行し魏に挑戦しつづけた。蜀の建興十二年（二三四）、またも出撃した諸葛亮は、司馬懿の率いる魏軍と対峙中、五丈原（陝西省）で病没するに至る。

臨終の直前、見舞いに訪れた劉禅の使者李福が、誰を後任に当てるべきかとたずねたところ、諸葛亮はまず蔣琬の名をあげ、問われるがまま、さらに蔣琬の後任として費禕の名をあげる。李福が費禕の後任をたずねようとすると、すでに諸葛亮は息絶えていた（第一百四回）。沈黙による遺言というべきか。贅言を費やすことなく、そんなに先のことはわからないという暗黙の表現であり、まことに余情に富む最期の場面である。

一方、建安五年（二〇〇）、夭折した呉の孫策の遺言はずばりと核心をつく鋭さにあふれる。臨終にあたり、彼は弟孫権に、「江東の軍勢をあげて、戦場で伸るか反るか勝負を決し、天下分け目の戦いをすることにかけては、おまえは私にかなわない。しかし、賢明な人物や有能な人材を任用し、それぞれに力を尽くさせて、江東の地を守りぬくことにかけては、私はおまえにかなわない」（第二十九回）と、弟の持ち味を評価したエールを送り、後事を託して瞑目したのである。これまたまことに潔い別れの言葉というべきであろう。

さて、劉備や孫策は思い切りのいい遺言で真価を発揮したが、曹操の場合はどうか。建安二十五年（二二〇）、曹操は夫人たちの行く末から自分の墓の作り方まで、めんめんと指示した遺言をのこして他界した。実は、この遺言は英雄にも似ず、現世への未練に満ちたものだと、従来いたって評判がわるい。しかし、自分の死後について細々と指示したこの遺言には、合理的な現実主義者だった曹操の面目躍如、これまたユニークな味わいがある。

「鳥の将に死なんとするや、其の鳴くこと哀し。人の将に死なんとするや、其の

呉に大敗した劉備は白帝城に。
図版は白帝城内の「劉備託孤」の塑像

言や善し」（『論語』泰伯篇）というけれども、三国志世界の英雄が今わの際にのこした遺言にも、それぞれ固有の志向が如実にあらわれており、まことに興趣尽きない。

天文観察

『演義』世界の諸葛亮（しょかつりょう）は誠実無比の大軍師であると同時に、なさざることなき大魔術師であり、天文現象を観察し未来を予測することにも長じていた。『演義』第一百三回に、彼が天文観察によって、みずからの死期を予感する有名な場面がある。蜀の建興（けんこう）十二年（二三四）、第五次（第六次ともいう）北伐のさい、五丈原（ごじょうげん）で魏の司馬懿（しばい）との対戦が長びくうち、諸葛亮は疲労困憊し、しだいに体調を崩していった。そんなある夜、彼は天文を観察し驚愕して、部将の姜維（きょうい）に向かって、「三台星（さんだいせい）（北極星の近くにある上台・中台・下台の三星）のなかに客星が出現して明るさを増している。これに対して、主星は薄暗くなり、輔佐の星々の光も鈍い。天文現象がこのようであれば、私の寿命も知れている」と告げる。かくて、陣幕を張りめぐらして、北斗星に祈り延命を乞う儀式を七夜にわたって執り行うが、六夜め、かねて諸葛亮に不満を抱く魏延が無神経に幕のなかに踏み込んで来たかと思うと、祈禱の鍵である「主灯」を消してしまう。万事休す。こうして延命の望みを絶たれた諸葛亮は死後の手配りを終え、五十四歳を一期としてこの世を去るのである。

諸葛亮のライバル司馬懿も、『演義』世界では、天文観察に通じた一種の超能力者として描かれている。諸葛亮が五丈原で没したとき、たまたま夜、司馬懿は天文を観察していた。すると、大きな赤い星が現れ、蜀の陣営に落ちたあと、何度もはねあがり、かすかに音をあげた。これを見た司馬懿は、諸葛亮の死を直感し、大軍勢を出動させようとするが、「諸葛亮は死んだふりをして、誘いだそうとしているのではないか」（第一百四回）と疑惑にとらわれ、けっきょく出撃を見合わせてしまう。あげくのはてに、蜀軍が総撤退したあと、慌てて追撃にかかったものの、諸葛亮の木像を見て、彼が生きているものと思い、アワを食って逃げ出し、「死せる諸葛、生ける仲達（司馬懿のあざな）を走らす」と、からかわれるしまつ。やはり司馬懿の超能力は諸葛亮におよぶべくもなかったのである。

魏延によって主灯は消され、
諸葛亮は延命の望みを断たれた
（横山光輝著・愛蔵版『三国志』30巻より）

史実によれば、天文観察を含む神秘的な讖緯（予言）の学は、三国のうち蜀で最も盛んだった。『正史三国志』「蜀書」第十二巻は、蜀の学者たちの伝記を収めたものだが、彼らの多くは経書の研究など正統的な学問とともに、讖緯の学に通暁していたことが明記されている。この巻には、蜀の後主劉禅に魏への降伏を勧めたとして、後世、たいへん評判の悪い譙周の伝記も収められているが、彼もまた正統的な学問を精緻に研究すると同時に、天文現象の解釈にも優れていたとされる。『演義』は、譙周のこうした神秘学者的な側面を強調し、諸葛亮が第一次北伐に出発する直前、譙周がしゃしゃり出て、「（天文現象を観察したところ）北方では気がちょうど盛んであり、星も明るさを増しておりますから、まだ征伐してはなりません」（第九十一回）と反対し、諸葛亮の足を引っ張ったと、面白おかしく描いている。

ちなみに、『正史三国志』の著者陳寿は譙周の弟子であり、このためもあって「蜀書」の「譙周伝」はめだって長く、綿密に記述されている。明日の見えない乱世では、天文を観察し、なんとか予兆を読み取ろうとする神秘学も盛んになる。

『演義』世界における天文観察の名手、諸葛亮のイメージにはそんな乱世の切ない願望もまた濃厚に投影されているといえよう。

怪異現象

『三国志演義』には、種々の怪異現象が描かれるが、とりわけ、魏・蜀・呉三国のリーダーが死去するにさいし、前ぶれとして怪異現象が起こったとし、その超自然的な様相を念入りに描写するのが常だ。

三国志世界からもっとも早く退場するのは、呉の孫策（そんさく）である。孫策は建安五年（二〇〇）、刺客に襲われ重傷を負うが、療養中、人気の高い道士の于吉（うきつ）の存在にいらだち、火刑に処した。以来、于吉の亡霊に悩まされ衰弱したあげく、弟の孫（そん）権（けん）に後事を託して絶命してしまう。『演義』第二十九回は、この孫策の死にまつわる怪異現象を異様なほど執拗に描く。『正史三国志』「孫策伝」の裴（はい）注に引く『江表伝（こうひょうでん）』および『捜神記（そうしんき）』にも、孫策と于吉の関わりが記されており、早くから孫策の死と于吉を結びつける伝説があったことがわかる。

ちなみに、孫策に遅れること五十二年、魏の嘉平四年（二五二）に死去した弟孫権については、死に先だって暴風が吹き荒れ、父孫堅の墓に植えられた木を根こそぎ吹き飛ばしたという、超自然的な現象が簡単に描かれている（『三国志演義』第一百八回）。

『演義』世界の大いなる敵役である曹操の場合は、死の予兆としての怪異現象もたたみかけて描かれ、何ともはなばなしい様相を呈している。まず、孫権から送られてきた関羽の首と対面したとき、関羽の口や目が動き、髪もヒゲも逆立ったため、曹操は仰天して気絶し、以来、夜ごと関羽の亡霊に悩まされるようになる。これを皮切りに、新宮殿を建造すべく神木を切り倒した祟りで、木の主である神人が夢にあらわれ、以後、耐えがたい頭痛に悩まされるようになるわ、献帝の皇后だった伏皇后をはじめ、かつて惨殺した人々の亡霊が続々とあらわれ恐怖のどん底に落とされるわ、と、さんざんな目にあう（第七十八回）。この結果、さすがの曹操も死期を悟り、建安二十五年正月、ついに死去するに至る。『正史三国志』「武帝紀」には、こうした怪異現象についての記述は見られず、唯一、裴注に引く『世語』に先述した神木の祟りに関連する簡単な記述があるだけだ。

一方、曹操の後継者、曹丕（魏の文帝）については、『正史三国志』「文帝紀」本文に許昌城の南門が理由もなく倒壊した直後、文帝が死去したとの記述があり、『演義』にもこれを踏襲した記述がある（第九十一回）。『演義』描くところの怪異現象オンパレードともいうべき曹操の場合と比べれば、曹丕を見舞う怪異現象はいたってシンプルであっけない。

『演義』の中心人物劉備の死にまつわる怪異現象については、『正史』の本伝および裴注にはまったく記述されない。しかし、『演義』には、蜀の章武三年（二二三）、呉に進攻し大敗を喫して白帝城に逃げこんだ劉備がしだいに病み、再起不能になったとき、先に死んだ義弟の関羽と張飛の亡霊が夢枕に立ち、関羽が「遠からず哥哥もわれら弟とお会いになれます」と告げる場面がある（第八十五回）。かくて、死なばもろともと「桃園の義」を守り、迎えにきた関羽と張飛とともに、劉備は静かにあの世へと旅立ってゆく。この劉備にまつわる怪異現象は恐怖感とは無縁であり、その点が孫策や曹操のケースと異なる。

孫策は于吉を人心を惑わす妖術使いと断じて投獄。
火刑に処するのだが……（『三国志演義全圖』より）

『演義』世界では主要人物がこの世を去るとき、このようにさまざまな形で超現実的な怪異現象を絡ませ、その退場にアクセントをつける。こうして見ると、死にまつわる怪異現象の描写が念入りなほど、その人物が重視されているともいえ、何とも興味深い。

結婚

安定した時代には門閥や閨閥が重視されるが、乱世では血統は問題外、重要なのは実力と能力である。後漢末から三国時代にかけての乱世もむろんそうであり、結婚も家柄より相手しだいというケースがしばしば見られる。たとえば、曹操の妻の卞夫人は粋な稼業の歌妓だったが、光和二年（一七九）、曹操に見初められ側室となる。彼女はそれから二十年近くもたった建安二年（一九七）ごろ、曹操が正妻の丁夫人と不仲になり離別した後、ようやく正夫人となった。このとき、彼女の息子の曹丕や曹植らはとっくに生まれていた。卞夫人はきわめて聡明な女性であり、曹操も息子たちも一目置かざるをえなかった。

曹操の後継者、曹丕の結婚も周知のごとくセンセーショナルなものだった。建安九年、曹操が袁紹一族の根拠地鄴（河北省臨漳県）を攻撃したとき、一番乗りした曹丕は袁紹の二男袁熙の妻甄夫人の美貌に心を奪われ、自らの妻としたのである（『三国志演義』第三十三回）。甄夫人は曹丕の即位後、皇后となるが、曹丕との仲が冷却し自殺に追い込まれた。

甄夫人の場合は不幸な結果に終わったけれども、曹操も曹丕も自分が心ひかれた女性を、経歴や家柄を度外視して配偶者とした。乱世の感情を歌いあげる詩人でもあった彼らには、自らの心の高ぶりに身をゆだねる詩人の魂があったといえよう。

三国志世界の美女といえば、甄夫人とともに呉の二喬があげられる。二喬とは呉の喬国公（『正史三国志』「周瑜伝」では「橋公」）の娘たちで、姉を大喬、妹を小喬といい、ともに絶世の美女だった。建安二年ごろ、江東制覇のただなかで、若き孫策が姉の大喬、周瑜が妹の小喬と結婚した。おそらく姉妹の美貌に魅了されたのであろう。『演義』（第四十四回）に、曹操の江南攻略の狙いはこの二喬を手中に収めることにあると、諸葛亮が言葉巧みに周瑜を煽りたて、曹操との決戦に踏み切らせる有名な場面がある。もっとも、二喬は甄夫人と異なり、正史にも『演

幻の美女姉妹「二喬」。
周瑜と結婚した妹の小喬が描かれた場面
（横山光輝著・愛蔵版『三国志』12巻より）

義』にも実際にはまったく登場せず、幻の美女といえよう。

　実像のつかめない二喬とは対照的に、孫策と孫権の異母妹（孫策らの叔母である呉国太の娘）にあたる孫夫人は、勝ち気で武勇にすぐれ、『演義』世界で異彩を放つ潑剌たる女性である。建安十四年ごろ、彼女は劉備と政略結婚させられるが、劉備とはウマがあい、夫婦仲はわるくなかった（第五十四回、第五十五回）。しかし、劉備が蜀に出撃した後、呉に呼びもどされ、けっきょく劉備とは絶縁状態になってしまう。この潑剌たる孫夫人のイメージは後世、元曲（元代の芝居）などで盛んにとりあげられるなど、人気が高い。

　ちなみに、劉備の名軍師諸葛亮も隠棲中に荊州の豪族、黄承彦の娘と一種の政略結婚をした。彼女は、容貌は今ひとつだが頭脳明晰であり、最後まで諸葛亮のまたとないパートナーだった。こうして見ると、劉備も諸葛亮も政略結婚によって絶好の配偶者を得る幸運に恵まれたことになる。もっとも劉備はこの幸運をまっとうできなかったけれども。

　最後に、奇縁による結婚の例を一つあげよう。『演義』には見えないが、『正史三国志』「夏侯淵伝」の裴注に引く『魏略』にこんな記述がある。建安五年、夏侯惇の姪（蜀に降伏した夏侯惇の二男夏侯霸の従妹）にあたる少女が山中で薪取りをしていたとき、張飛にさらわれ、やがて妻となった。彼女が生んだ娘が劉備の息子劉禅の皇后になったというものである。真偽のほどは定かでないが、いかにもバーバラスな張飛らしい話である。

男たちの戦いに終始するかに見える三国志世界にも、その実、こうして「結婚」を核とする、多様な男女の関係性が内包されており、まことに興趣尽きないものがある。

歌

三国志世界においては、まま童謡や民間歌謡が主要人物の運命やキャラクターを象徴することがある。

たとえば董卓。皇帝の廃立も意のまま、猛威をふるった董卓は、初平元年(一九〇)、首都洛陽に火を放って長安への遷都を強行し、自分は長安郊外に築いた郿塢の砦にしこたま財宝や食糧を運びこんで将来に備えた。しかし、二年後の初平三年、後漢王朝の重臣王允と董卓のボディガードである猛将呂布らが共謀、郿塢から董卓をおびきだして殺害し、後漢王朝を転覆させた「董卓の乱」はようやく終焉した。こうして董卓の命運が尽きる少し前から、

千里の草　何ぞ青青たる

十日の卜　猶お生きず

という童謡がさかんに歌われたという。クサカンムリの下に千里と書くと「董」という字になり、「十日の卜」は下から書くと「卓」という字になる。つまるところ、この童謡は、漢字の構成要素を分解する言葉遊びの一種、「析字法」を巧みに用いながら、「董卓には十日の命もない」と、不吉な予言をしているのである。

以上は、『正史三国志』「董卓伝」裴注の『英雄記』によるが、この童謡は『三国志演義』第九回にもほぼ同じ形で載せられており、長安におびきだされた董卓が死の前夜、大勢の子供が歌うこの童謡を耳にするというふうに、さらに効果的に用いられている。ちなみに、童謡が不吉な未来を予言するという考え方は、中国では古くから見られるものである。

このほか、これは『正史』には見えず、『演義』の独創だが、第三十五回にも予言的な童謡が挿入され、効果をあげている。劉表の配下によって殺されそうになった劉備が、愛馬的盧のおかげで檀渓を飛び越えて危機を脱し、隠者の水鏡先生（司馬徽）の屋敷に一夜の宿を借りた場面である。このとき、水鏡先生は劉備に荊州一帯で歌われている童謡を教える。それは、

八、九年の間に始めて衰えんと欲し
十三年に至って孑遺なし
至頭天命の帰する所ありて
泥中の蟠龍　天に向かって飛ぶ

というものだった。前半二句は「劉表がまもなく死去し、配下はちりぢりになる」ことを暗示し、後半二句は「劉備が天命をうけ、時を得て空高く飛翔する」ことを暗示すると告げ、水鏡先生は失意の劉備をふるいたたせようとするのである。

このように、三国志世界には、呪文あるいは占いの一種ともいうべき予言的童

的盧に身をゆだね檀渓を飛び越える劉備
(『新全相三国志平話』より)

上図右部分（拡大）

上図左部分（拡大）

謡が見られる一方、歌謡が登場人物の特性をきわだたせる役割をもつケースもある。

たとえば、隠棲時代の諸葛亮は民間歌謡の「梁父吟」を好んで歌ったとされる。このことは『正史』にも『演義』（第三十六回）にも記述されるが、いずれも歌詞は記載しない。「歩みて斉の門を出で、遥かに蕩陰里を望む。里中に三墓有り、累累相い似たり」と歌いだされるこの歌は、もともと「二桃　三士を殺す」という故事にもとづく挽歌であり、広く民間で歌われていたとおぼしい。諸葛亮の神秘的イメージを強化する効果はあるが、これまたけっして縁起のよい歌ではない。

総じて、三国志世界を流れる童謡や民間歌謡の底流には、民衆世界の凝固した暗い怨念と、これを一気に晴らしたいという解放への祈りがこめられているといえそうだ。

言葉遊び

「歌」のところで、「言葉遊び」を用いた童謡をとりあげたが、『三国志演義』において言葉遊びの達人として知られるのは、曹操と配下の楊修である。彼らはかねて言葉遊びの才能を競っていたが、曹操が劉備と壮絶な漢中争奪戦を展開したころ、その知能戦はクライマックスに達した。建安二十四年（二一九）、戦況不利と見た曹操は漢中を放棄し撤退したほうが得策だと考えながら、決断しかねていた。そんなとき、料理係が「鶏肋（ニワトリのあばら骨）」の入った湯をもってきた。これを見て感じるところのあった曹操は、夜間の合言葉を聞きに来た夏侯惇に対して、無意識のうちに「鶏肋、鶏肋」と口走った。夏侯惇は意味不明のままこれを官吏たちに伝達したが、みな意味がわからない。しかし、楊修だけさっさと荷物を片付け出したので、夏侯惇がわけを聞くと、楊修は「鶏肋は食べようとすると肉がないが、棄てようとすると味わいがあります」と答え、その鶏肋を漢中にたとえたところをみると、魏王（曹操）は必ず明日ここから撤退するだろうから、早めに準備をしているのだと説明した。そこで、曹操軍の部将はこぞって帰り仕度をはじめた。

これを知った曹操は、自分の本心を見抜き、先手をうった楊修の小賢しさに腹を立て、斬殺してしまったと、『演義』第七十二回は記す。曹操が、名門の出身（楊修の父は後漢の太尉楊彪）で、目から鼻にぬける才子の楊修にうとましさを感じていたのは確かだが、史実では、楊修が処刑されたのは、あくまでも政治的な理由によるものであった。彼は、曹操の後継の座をめぐって兄の曹丕と骨肉の争いを演じた曹植の有力なブレーンであり、曹植の敗北後、危険人物と見なされ殺されたのである。

それはさておき、『演義』第七十二回は、このほかにも楊修が曹操の仕掛けた言葉遊びの難題を次々に解いてゆく姿を畳みかけて描く。たとえば、完成したばかりの花園の門を見に来た曹操が何も言わず、ただ門に「活」という字を書いて

曹操が無意識に「鶏肋」と発した言葉により、
事態は思わぬ展開に
（横山光輝著・愛蔵版『三国志』20巻より）

立ち去ったことがあった。誰も意味がわからなかったが、楊修は「『門』のなかに『活』の字を書き加えると、『闊（ひろい）』という字になる。丞相は門が闊すぎるのを嫌っておられるのだ」と言い、すぐ改築させた。これは言葉遊びのうち、漢字の構成要素を合成して新しい字を作りだす趣向だが、次にあげるのは、逆に「析字」すなわち漢字の構成要素を分解して新しい意味をもたせる例である。北方から一箱の酥（ヨーグルト）が送られてきたとき、曹操はこの箱の上に「一合酥」と書いた。これを見た楊修は、これは「一人で一口の酥」を意味すると、即座に読み解き、配下一同で分けて食べてしまった。「合」という字を分解すれば「人・一・口」となる。これを上の「一」と下の「酥」と合わせれば、「一・人・一・口・酥」となるわけだ。

　こうした一連の曹操と楊修の言葉をめぐる知恵くらべの話は、『正史』には見えず、魏晋の名士のエピソード集『世説新語』「捷悟篇」に見えるものである。『演義』はこれらのエピソードを巧みに物語世界に組み込み、曹操が言語感覚抜群、頭の切れる楊修にゆだんのならないものを感じて、嫌悪感をつのらせたあげく、ついに殺害に至る経緯に説得力をもたせている。曹操はもともと自分と似た才気煥発(さいきかんぱつ)型の知識人を毛嫌いする傾向があった。人の心理の裏を読むことに長(た)けた『演義』世界きっての才子楊修も、つい才に溺れて曹操の勘気にふれ、あえなく身を滅ぼしたというべきであろう。

音楽

三国志世界で音楽にゆかりの深い人物といえば、まず周瑜と諸葛亮である。『三国志演義』の周瑜には、諸葛亮を引き立てる道化役がふりあてられているが、実は容姿端麗、頭脳明晰のうえ、音楽的センスも抜群という颯爽たる人物だった。『正史三国志』「周瑜伝」にも、「周瑜は若いころから音楽に精通し、宴会で杯が三回めぐったあとでも、演奏にまちがったり欠けたりしたところがあると、必ず聞き分け、聞き分けると必ず（ミスをした）演奏者のほうをふりかえった。このために当時の人は『曲に誤りあり、周郎顧みる』と歌いはやした」と記されている。周瑜の並はずれた音感のよさは当時から有名だったのである。ちなみに、周瑜に冷たい『演義』も、彼の死を悼む五言律詩において、「弦歌に雅意を知り、杯酒有朋に謝す」（第五十七回）と、その「弦歌」つまり音楽的才能を称えている。

もっとも、音楽的センス抜群とはいえ、周瑜が実際に演奏したかどうかは、『正史』にも『演義』にもいっさい言及がない。これに対し、『演義』のフィクションではあるが、諸葛亮には琴を演奏したという話がある。「空城の計」の場面である（第九十五回）。蜀の建興六年（二二八）、蜀軍に有利だった第一次北伐の形勢は、馬謖の決定的作戦ミスによりたちまち暗転した。諸葛亮はすばやく全軍撤退の指示を出し、自らも西城（甘粛省）まで後退したが、このとき、彼の手元には二千五百の軍勢しか残っていなかった。そのおりもおり、魏の司馬懿が十五万の大軍勢を率いて怒濤のように攻め寄せてくる。

この絶体絶命の危機に、諸葛亮は敵の意表をつく手を打つ。城門を開け放ち、兵士たちにも平穏そうにふるまわせたうえで、自分は鶴氅（鶴の羽で作った衣）に綸巾（隠者の帽子）という隠者風の装いで物見櫓に上り、香を焚きながらのんびり琴を奏でてみせたのである。この姿を目にした司馬懿は伏兵がいるとかんぐり、慌てて退却した。諸葛亮のみごとな作戦勝ちであった。

諸葛亮は世に出るまえ、隠者の歌「梁父吟」を愛唱していたとされるが、もともと隠者や文人に歌や音楽は付き物である。諸葛亮の先輩隠者ともいうべき司馬徽（水鏡先生）も、劉備がはじめてその屋敷を訪ねたとき、琴を演奏していたとされる（第三十五回）。諸葛亮や司馬徽の琴演奏は『演義』のフィクションだが、彼らよりやや時代の下った魏末に生き、しばし俗世を離れ隠遁生活を送った「竹林の七賢」は音楽と縁が深く、メンバーのうち、嵆康は琴、阮咸は琵琶の名手だったのは事実である。さらにまた、はるか後代、宋代以降の文人に必須の高雅な趣味は「琴棊書画（音楽・囲碁・書道・絵画）」だった。元末明初に完成した『演義』において、隠者モードで琴を奏でる諸葛亮の姿には、あるいは宋代以降に形成された、俗離れした文人のイメージもまた投影されているのかもしれない。

周瑜や諸葛亮の音楽志向には、総じてエレガントな雰囲気があるが、三国志世界には音楽を激烈な挑発の具とした人物もいる。曹操に刃向かった反抗的文人の禰衡である。初対面の曹操を愚弄し、身分の低い太鼓係の役人にされた禰衡は、宴席において「漁陽の三（摻、参）撾」という激越な打法を披露し、一座を圧倒したとされる（第二十三回）。

曹操から太鼓係を命じられた禰衡は裸になって太鼓を打ち、曹操を万座の中で愚弄する（『三国志』より）

戦いの連続のように見える三国志世界にも、こうしてさまざまな形で音楽と深く関わる人々が存在した。ことほどさように、三国志世界は奥が深いといえよう。

狩り

「天子の狩り」はもともと単なる娯楽ではなく、威厳を誇示するものだが、三国志世界では、しばしば天子の威厳の失墜を示す道具立てとして用いられる。

　建安三年（一九八）十二月、呂布を滅ぼして意気上がる曹操は、献帝を許の郊外に誘いだし狩りを催した。献帝は気が進まないながら馬に乗り、天子の持ち物である彫弓（模様を刻みこんだ弓）と金鈚箭（金の象嵌を施した矢）を携えて、官僚や部将ともども狩猟場の許田に向かった。到着したとたん一頭の大鹿が飛びだし、献帝が曹操に「卿が射てみよ」と言ったところ、曹操は即座に彫弓と金鈚箭を借り受け、みごと一発でしとめた。鹿に命中した金鈚箭を見た人々が献帝の手柄だと思い、万歳を唱えた瞬間、曹操が献帝の前に立ちはだかり、自分が天子であるかのように歓呼を受けた（『三国志演義』第二十回）。

この狩りには当時、曹操に身を寄せていた劉備主従も同行していた。曹操の不遜な態度を見て激怒した関羽が青龍刀をひっさげ、馬を飛ばして斬りかかろうとすると、劉備が目くばせして制止した。許の城内にもどったあと、なぜ止めたのかと関羽が詰め寄ると、劉備は「鼠に投ずるに器を忌む（鼠に物を投げつけたいが、側の器物を壊すのが心配で投げられない）」、つまり、やり損なった場合、必ず献帝に累が及ぶからだと答える。関羽はそれでも納得しなかったが、けっきょくこの事件が引き金となって、董承らのクーデタ計画がもちあがり、やがて劉備も許を離れて曹操と袂を分かつに至る。

献帝自身はこの許田の狩りによって、プライドを傷つけられはしたものの、大事には至らなかった。しかし、正始十年（二四九）、曹爽との権力闘争に敗れ、長きにわたって隠忍自重していた司馬懿は、曹爽一派が皇帝（のちの斉王曹芳）のお供をし、首都洛陽郊外に狩りに繰り出した隙をついて、一気にクーデタを起こし、実権を掌握した（第一百七回）。これを機に曹氏の魏王朝は没落の一途をたどり、三代四人がかりで司馬氏の簒奪計画が展開されたのだから、この狩りのもたらし

鹿をしとめ得意満面の曹操（左下）。
対照的に渋い表情の献帝（『三国志演義全圖』より）

た結果はまことに深刻なものであった。

今あげた狩りにまつわる二つの事件は、いずれも後味のよくないものだが、狩りによって展望が開けた例もないわけではない。魏の第二代皇帝明帝（曹叡）は、三国志世界きっての美女、甄夫人（のちの甄皇后）の息子だが、後年、甄夫人が文帝（曹丕）にうとまれ、自殺に追い込まれたこともあって、なかなか文帝の後継者に指名されなかった。

そんなおりしも黄初七年（二二六）二月、文帝は曹叡を連れて狩りに出かけ、母子連れの鹿と出くわした。文帝はただちに母鹿を射とめ、曹叡に子鹿を殺すよう命じたところ、曹叡は涙ながらに、「陛下はすでにその母を殺してしまわれました。このうえその子を殺すに忍びません」と訴えた（第九十一回）。むろん、母の甄夫人の悲劇的な最期を踏まえた言葉である。これを聞いた文帝は胸をつかれて、「わが子はまことの仁君だ」と称賛し、曹叡を後継者に立てる決断をした。文帝が死去したのはこの三か月後であり、まさにぎりぎりのところで、狩りが曹叡に幸運をもたらしたことになる。ちなみに、この狩りの話は、『正史三国志』

「明帝紀」の裴注に引く『魏末伝』に見える。

狩りには本来、思いきり身体を動かし汗を流す健康なイメージが伴うが、三国志世界では見てのとおり、陰謀、駆け引き、思惑等々、政治絡みの場面になることが多い。三国志世界に生きる人々は、ことほどさように一筋縄ではゆかないのである。

弔問

現代世界においても、ある国の重要人物が死去すると、他の国々が大物を弔問に出向かせ、これを機に種々の外交交渉を展開する場面がよく見られる。いわゆる弔問外交である。『三国志演義』の物語世界においても、すでにこうした弔問外交が繰り広げられている。

建安十三年（二〇八）冬、柴桑（江西省九江市西南）に駐屯していた呉の孫権は、大軍を率いて南下した曹操がすでに荊州を制覇し、「長坂の戦い」で劉備をも撃破したという情報を得ると、参謀を集めて防御策を相談した。このとき、魯粛が、荊州の支配者劉表が死去したばかりだから、江夏（湖北省新州県北）に駐屯するその長男劉琦のもとに弔問に行かせてほしいと申し出る。江夏には曹操に敗れた劉備も身を寄せており、協力して曹操に当たるよう説得するというのだ。弔問を名目にした魯粛の外交交渉はみごとに成功した。

曹操に蹴散らされ窮地に立つ劉備主従にとって、孫権との同盟はまさに渡りに船であり、さっそく軍師諸葛亮(しょかつりょう)が魯粛に同行して柴桑の孫権の本陣へ向かうことになる。諸葛亮の長兄諸葛瑾(しょかつきん)が孫権の参謀であったことも、魯粛と諸葛亮の連携をたちまち緊密なものとした。かくて、孫権の本陣に到着した諸葛亮は周知のように、まず曹操への降伏を主張する張昭(ちょうしょう)ら呉の文官連中を、その「三寸不爛(さんずんふらん)」の舌で論破する大活躍を演じるのである。

以上は、『演義』第四十二回によるものだが、『正史三国志』「魯粛伝」では、魯粛は曹操軍が荊州に到達する先に、劉表の弔問を名目に荊州偵察に出発、急転回する情勢を追って当陽(湖北省荊門県西南)まで行く。そこで長坂の戦いで大敗を喫した劉備主従と出会い、ともども江夏へ行ったとされる。以後の展開は正史も『演義』も大筋では変わらない。

いずれにせよ、この魯粛のケースでは弔問はまさに名目にすぎず、弔問の場面そのものの描写はない。これに対して、建安十五年冬、「赤壁(せきへき)の戦い」後、荊州の支配権をめぐって孫権と劉備がはげしい鍔迫り合いを演じる渦中で、孫権政権の軍事責任者である周瑜が死去したさい、ライバルの諸葛亮は弔問に出かけ、満場をうならせる名演技を披露する。

実のところ、周瑜は蜀攻略をめざす途中、巴丘（湖南省岳陽市西南）まで来たとき、急病のため「私をこの世に生まれさせながら、どうしてまた諸葛亮を生まれさせたのか」（『三国志演義』第五十七回）と絶叫しながら、三十六歳を一期として息絶えたのである。

周瑜をさんざん翻弄した諸葛亮は、その死を知るや、まさに君子豹変、巴丘から移送された柩を追って柴桑まで行き、周瑜の霊前でめんめんと祭文（死者を弔う文）を読んだのみならず、地に伏してはげしく慟哭し、涙をあふれさせながら悲嘆にくれた。このようすを見た呉の諸将は、「誰でも皆、周公瑾どのと諸葛亮は不仲だというが、今、彼の哀悼のさまを見ると、虚言だな」（第五十七回）と言い合い、諸葛亮に対する認識を改めたとされる。いかに、諸葛亮の弔問が真に迫っていたか、わかろうというものだ。もっともこれは『演義』のフィクションで

諸葛亮、呉の文官連中を相手に大論陣を張る
（横山光輝著・愛蔵版『三国志』12巻より）

あり、正史には見えない話である。『演義』世界では、この諸葛亮の名演技が功を奏し、また周瑜の遺言で劉備・諸葛亮に好意的で、柔軟な魯粛が後任の軍事責任者になったことも幸いして（これは史実）、劉備主従は荊州南部を借用という形で支配し、次なるステップである蜀攻略へ向けて態勢を整えることができたという展開になる。

死者を哀悼する葬儀や弔問の場面では、ふだんは疎遠な者も顔を合わせ、そこに予期せぬ交流や関わりが生じるものだ。まして、死者が国家的重要人物ともなれば、そこに政治的あるいは外交的な動きが絡まるのも、むしろ当然のなりゆきである。こうして弔問を物語世界の転回ポイントとして、巧みに運用する『演義』作者は、並々ならぬ政治センスの持ち主だったともいえよう。

あとがき

本書『キーワードで読む「三国志」』はタイトルのとおり、五十のキーワードによって三国志世界を映し出したものである。本書はこの五十のキーワードをそれぞれ第一章「人」を読む、第二章「戦」を読む、第三章「社会」を読む、の三章に配置するという構成をとる。

第一章では、宦官、名門、ヒゲ、美女、烈女、異相、老将、若武者、超能力者、猛将、使者、一喝、名将、裏切り者、度量、末裔、兄弟、詩人、名手、涙、敬意という、三国志世界に登場するあまたの登場人物を特徴づけ区分する、二十一のキーワードを項目に立てた。これら「人」にかかわるキーワードを通じて、老将もいれば若武者もおり、名将もいれば裏切り者もいるという、三国志世界の多彩な人物像を読みとっていただければと思う。

第二章では、兵糧、檄文、名馬、橋、生け捕り、火攻め、水攻め、軍師、参謀、軍紀、地図、クーデタ、奇策、間者・諜報、一騎打ちという、三国志世界を揺るがす戦闘に関連する十五のキーワードを項目に立てた。これら「戦」にかかわるキーワードを通じて、遠征軍の食糧問題から、壮絶な一騎打ちに至るまで、三国志世界に頻出する戦闘の裏表を臨場感をもって、読みとっていただければと思う。

第三章では、玉璽、酒、手紙、名医、怨霊、遺言、天文観察、怪異現象、結婚、歌、言葉遊び、音楽、狩り、弔問という、当時の社会と関連する十四のキーワードを項目に立てた。これら「社会」にかかわるキーワードを通じて、怨霊が出没する怪異現象から、歌や言葉遊びに至るまで、三国志世界を覆う時代の雰囲気を読みとっていただければと思う。

付言すれば、各項目とも白話長篇小説『三国志演義』を中心に据えたが、おりにつけ『正史三国志』をとりあげ、比較対照しつつ書きすすめた。こうして五十のキーワード、五十の角度から三国志世界を眺めてみると、意外な発見も多々あり、私にとってまことに新鮮であった。本書の読者にも「一味違う」三国志世界を見出していただければうれしく思う。

なお、本書の巻末に大まかな「三国志年表」と「主要人物相関図」を付した。ご参照いただければ幸いである。

本書はもともと愛蔵版の横山光輝『三国志』（全三十巻、二〇〇七年三月〜二〇〇九年八月、潮出版社）の巻末に三十回にわたって連載した「三国志通講座」、および潮出版社ウェブマガジンに七か月にわたり二十一回分を連載した「三国志通講座」（二〇〇九年十一月〜二〇一〇年五月）を合わせて成ったものである。このたび一冊の本にまとめるにあたり、明らかな誤植を訂正した以外、ほとんど手を加えなかったことを付記しておきたい。

長期にわたった連載中には、潮出版社コミック編集部の岡谷信明さん、山科妙子さんに、項目の選定から、編集構成に至るまで、たいへんお世話になった。また本書の出版にさいしては、出版部の北川達也さんにきめこまかな配慮をいただき、お世話になった。岡谷さん、山科さん、北川さんに心からお礼を申し上げたい。

二〇一一年一月

井波律子

文庫版あとがき

本書『キーワードで読む「三国志」』の原本は、二〇一一年二月に潮出版社から刊行された。原本の「あとがき」に記したように、ここに収められた五十項目の文章は、もともと愛蔵版の横山光輝『三国志』（全三十巻、二〇〇七年三月〜二〇〇九年八月）の巻末に三十回にわたって連載した「三国志通講座」と、潮出版社ウェブマガジンに七か月にわたり二十一回分を連載した「三国志通講座」とを合わせて成ったものである。最初の連載の開始から十二年余り、原本の刊行から八年余りの歳月が経過した現在、こうして潮文庫に収められ、新たな出発の日を迎えることができたことを、ほんとうにうれしく思う。なお、このたびの文庫版化にさいして、第二章「戦を読む」に、「武器」の一篇を書き加えた。

本書の構成等については、原本の「あとがき」に記したとおりなので、ここでは歴史書の『正史三国志』、および白話長篇小説の『三国志演義』と、私との長いかかわりについていささか記してみたいと思う。

三国志と私のかかわりは半世紀余りも以前、一九六八年、曹植の詩をテーマにした修士論文を書いたことにはじまる。その四年後、三国志世界のビッグスターである曹植の父曹操をとりあげた「曹操論」を書いた。こうして曹操父子について書いたことがきっかけになり、『正史三国志』の全訳を分担して、「蜀書」を担当することになり、数年かけて取り組み、なんとか訳了することができた（『正史三国志』の「蜀書」の部分が実際に刊行されたのは一九八二年。筑摩書房刊）。この後、『正史三国志』を中心とする三国志関係の本や文章を書く機会がふえた。

こうして『正史三国志』をベースにあれこれ書いているうち、『三国志演義』をテーマにした新書を書いてみないかというお話があり、それまでの『正史』中心から『演義』へと視野を広げ、あれこれ考えたり調べたりして、ようやく書きあげ、『三国志演義』というタイトルで刊行された（岩波新書、一九九四年八月刊）。

この新書版がきっかけになって、今度は『三国志演義』個人全訳のお話があり、かなり時間はかかったが、なんとか仕上げて、二〇〇二年から二〇〇三年にかけ刊行された(『三国志演義』ちくま文庫、全七冊。現在は講談社学術文庫、全四冊)。

本書『キーワードで読む「三国志」』は、上記のように、『正史』から『演義』へと、三国志と私との長いかかわりを経て書いたものにほかならない。このため原本の「あとがき」にも記したように、各項目とも『演義』を中心に据えながら、おりにつけ『正史』にも目を向け、比較対照しつつ書きすすめた。これは私にとってとても新鮮で楽しい経験だった。

さらにまた、こうして『三国志演義』の物語世界とのかかわりが深まるうち、やがて私自身の関心は『演義』のみならず、明清に結実したそのほかの白話長篇小説全般に広がって行った。かくて、『演義』と合わせ『西遊記』『水滸伝』『金瓶梅』『紅楼夢』の「五大小説」と称される作品を次々に読みあげ、五大小説すべてを対象とした『中国のトリックスター』(筑摩書房、二〇〇七年刊)や『中国の五大小説』上下(岩波新書、二〇〇八年四月～二〇〇九年四月)という本も書いた。「五大小説」のうち、とりわけ『水滸伝』とは相性もよく、その後、『水滸伝』を素材とする文章をしばしば書くようになり、そんななかで原本の『キーワードで読む「三国志」』につづき、多様な角度から『水滸伝』を読み解いた『水滸縦横談』（潮出版社、二〇一三年刊）もまた刊行された。この後、『水滸伝』全訳のお話がもちあがり、またまた数年がかりでなんとか仕上げることができた（講談社学術文庫、全五冊、二〇一七年〜一八年刊）。

半世紀以上も前にはじまった三国志とのかかわりが、こうして次から次へと繋がったことを思うと、感慨尽きないものがある。本書は私のそんな長い旅路の記念碑の一つである。

本書の出版には原書の刊行と同様、潮出版社出版部の北川達也さんとコミック編集部の岡谷信明さんにたいへんお世話になった。心をこめて読みやすく楽しい本に仕上げてくださった北川さんと岡谷さんには感謝あるのみである。ほんとうにありがとうございました。

二〇一九年五月

井波律子

主要人物相関図

魏

【文官】
賈詡（？—二二三）
程昱（一四一—二二〇）
郭嘉（一七〇—二〇七）
荀攸（一五七—二一四）
荀彧（一六三—二一二）
司馬懿（一七九—二五一）

【武官】
典韋（？—一九七）
許褚（生没年不詳）
張遼（一七一？—二二一）

呉

【文官】
張昭（一五六—二三六）
諸葛瑾（一七四—二四一）
陸抗（二二六—二七四）
陸遜（一八三—二四五）
呂蒙（一七八—二一九）
魯粛（一七二—二一七）
周瑜（一七五—二一〇）

【武官】
韓当（？—二二七）
程普（生没年不詳）

蜀

【五虎将】
関羽（？—二一九）
張飛（？—二二一）
趙雲（？—二二九）
馬超（一七六—二二二）
黄忠（？—二二〇）

【文官】
龐統（一七九—二一四）
法正（一七六—二二〇）

夏侯惇（?—二二〇）
夏侯淵（?—二一九）
張郃（?—二三一）
龐徳（?—二一九）
于禁（?—二二一）

曹操（一五五—二二〇）
曹仁（一六八—二二三）
曹丕（一八七—二二六）
曹洪（?—二三二）
曹植（一九二—二三二）
曹真（?—二三一）

黄蓋（生没年不詳）
太史慈（一六六—二〇六）
周泰（生没年不詳）

孫権（一八二—二五二）
孫堅（一五七?—一九三?）
孫策（一七五—二〇〇）

馬謖（一九〇—二二八）
鄧芝（?—二五一）
李厳（?—二三四）

【武官】
魏延（?—二三四）
姜維（二〇二—二六四）

劉備（一六一—二二三）
諸葛亮（一八一—二三四）
劉禅（二〇七—二七一）

【その他の人物】
董卓（?—一九二）　袁紹（?—二〇二）
呂布（?—一九八）　袁術（?—一九九）

「三国志」年表

西暦	年号	事柄
一八四	中平元	黄巾の乱勃発。党錮の禁解除。
一八九	六	霊帝死去、少帝即位。外戚何進、クーデタに失敗、宮中大混乱、袁紹らによって宦官みな殺し。董卓の乱。少帝退位、異母弟献帝即位。後漢王朝、実質的に滅亡。
一九一	初平二	清流派の荀彧、曹操のブレーンとなる。
一九二	三	董卓殺され、群雄割拠の乱世はじまる。
一九六	建安元	曹操、後漢の献帝を根拠地の許（河南省許昌市）に迎える。

西暦	年号	事柄
二一〇	一五	周瑜死去。
二一一	一六	劉備、蜀（四川省）に入る。
二一四	一九	劉備、蜀を領有。
二一六	二一	曹操、魏王となる。
二一九	二四	関羽死去。
二二〇	二五	曹操死去。（延康元年）曹操の長男曹丕、魏王朝を建て即位（文帝）、黄初と改元。
二二一	黄初二	劉備即位。蜀王朝成立。張飛死去。劉備、呉に出撃。
二二三	四	劉備死去。劉禅即位。
二二六	七	魏の文帝死去。明帝即位。
二二七	太和元	諸葛亮、漢中へ進軍。
二二八	二	諸葛亮、第一次北伐。第二次

二〇〇	五	曹操、官渡の戦いで袁紹を撃破し、華北を制覇。
二〇一	六	劉備、曹操に追われ、関羽・張飛ともども荊州（湖北省）に逃げ込む。
二〇七	一二	曹操、北中国制覇。劉備、三顧の礼をもって諸葛亮を軍師に迎える。諸葛亮、天下三分の計を説く。
二〇八	一三	曹操、大軍を率いて荊州を南下。江東（呉。長江下流域）の支配者孫権、劉備と同盟を組んで曹操と対決。二万の呉軍を率いた周瑜、赤壁の戦いで曹操の大軍を撃破。以降、荊州の領有をめぐり、孫権（周瑜）と劉備（諸葛亮）の争い激化。

		北伐。
二二九	三	孫権即位。呉王朝成立。
二三四	青龍二	諸葛亮、五丈原で死去。
二三九	景初三	魏の明帝死去。
二四九	嘉平元	司馬懿、クーデタおこし魏の実権を掌握。
二五一	三	司馬懿死去。
二五二	四	孫権死去。
二六三	景元四	蜀滅亡。
二六五	泰始元	司馬懿の孫司馬炎、即位（魏滅亡、西晋王朝成立）。
二八〇	咸寧六	呉滅亡。西晋、中国全土統一、太康と改元。

◉本書は二〇一一年二月に小社より刊行された単行本を文庫化したものです。第二章に収録された「武器」の項目は、本文庫のために新たに書下ろされたものです。

井波律子……いなみ・りつこ

中国文学者。一九四四年富山県生まれ。
京都大学文学部卒業後、同大学大学院博士課程修了。
国際日本文化研究センター名誉教授。
二〇〇七年『トリックスター群像—中国古典小説の世界』で、
第一〇回桑原武夫学芸賞受賞。
主な著書に『三国志演義』『奇人と異才の中国史』『中国の五大小説』
『中国名言集 一日一言』『中国名詩集』『完訳 論語』『三国志名言集』
『史記・三国志 英雄列伝』(小社刊)など多数。
個人全訳に『三国志演義』(全四巻)『世説新語』(全五巻)
『水滸伝』(全五巻)などがある。

キーワードで読む「三国志」

潮文庫　い－3

2019年　7月10日　初版発行

著　　者　井波律子
発 行 者　南　晋三
発 行 所　株式会社潮出版社
〒102-8110
東京都千代田区一番町6　一番町SQUARE
電　　話　03-3230-0781（編集）
03-3230-0741（営業）
振替口座　00150-5-61090
印刷・製本　中央精版印刷株式会社
デザイン　多田和博

ISBN978-4-267-02188-6 C0195